Dabbelju Verlag

Armin Foxius

Ich heiße Kevin

Na und!

Kurze Geschichten

Dabbelju Verlag

Dabbelju
Verlag

1. Auflage 2013

Umschlaggestaltung: Frank Straßburger, Köln
Umschlagmotiv: © Chrissie Salz
Druck und Bindearbeiten: Steinmeier GmbH & Co. KG
ISBN 978-3-939666-30-1

Wer zum Teufel ist Kevin?

Kevin kann den Mund nicht halten.
Der Junge gibt zu allem seinen Senf dazu. Gefragt und ungefragt. Kevin erzählt uns aus seinem Leben. Und weil er es erlebt, ist ihm das ganz wichtig. Und weil er jetzt lebt, genau wie wir, interessiert uns das auch.
Also, dieser Kevin!

Kevin ist ein Kölner Junge. So zwischen 7 und 14.
Die Mutter ist meistens alleinerziehend, ihre Eltern wohnen mit im Haushalt. Der Vater, o je! Der jobbt schon mal, ist oft arbeitslos, ist auch so en Kleinkrimineller und sitzt öfters in Ossendorf im Knast. Weil er säuft, ein Fremdgänger ist und ein schlechter Vater, dazu kein FC-Fan, deswegen schmeißt ihn die Mutter häufig raus. Nimmt ihn zwischendurch aber immer mal wieder auf.
Die Oma ist ständig bettlägerig, kommentiert aber alles. Der Opa ist ein richtig guter: er zieht mit Kevin durch die Stadt, geht mit ihm zum Fußballtraining und für ihn zum Elternsprechtag.
Kevin steht mitten im Leben und schlägt sich relativ clever durch. Schule ist für ihn eine Art Vormittagsveranstaltung, hier hat er Freunde und Beziehungen; er ist kein schlechter Schüler, sucht sich aber die Rosinen raus. Sein spezieller Freund ist Achmet, ein Junge mit türkischem Hintergrund. Kevin hat keine Vorurteile; wichtigstes Kriterium ist für ihn, dass einer auf seiner Wellenlänge tickt und ein guter Kumpel ist. Intensive Freundschaft und Beziehung zu Mädchen hat er noch nicht, Kumpanei mit Jungs ist ihm wichtiger. Kevin hat ein gesundes Selbstbewusstsein, hat mit Kriminalität und Drogen (noch) nichts zu tun, ist aber durch soziale Umgebung latent gefährdet, er weiß das auch „irgendwie“, aber Opa und Achmet sind ihm wichtiger Halt.

Den Vater möchte er gern schätzen, verachtet ihn aber wegen seines familiären Verhaltens und seiner kriminellen Tendenzen, was Kevin aber auch davor schützt. Sein Viertel (Kölner Norden) hat für ihn große Bedeutung, ebenso die Kölner Region. Wer ist Kevin? - Kevin ist ein Konstrukt, das sich aus mehreren realen Jungs zusammensetzt, von denen auch einer Kevin heißen mag.

Kevin und Köln

Köln is schon ne Marke un toll un weltberühmt. Dä Dom, dä FC, dä Rhein, unsoweiter unsoweiter.
Aber Köln kann einem auch schwer auf den Rappel gehen. Sagen wer mal in anderen Städten. Da verdrehen die oft die Augen, wenn die nur „Köln“ hören, oder dat unsereins wat sagt. Die sagen dann immer: „Ach, kommste aus Köln? Das hört man auch!“ Also, die sagen dat, auch wenn man Hochdeutsch gesprochen hat. Irgendwie sehen die dat einem an. Vielleicht, weil wir immer gut gelaunt sin un Witze erzählen. Ja, un wenn man über Fußball spricht, man den FC mal in et Gespräch bringt, un die augenblickliche Scheißsituation nur als augenblicklich bezeichnet. Oder die sagen „Tünnes“ oder „Kannste auch mal ernst sein?“ - Nun, dann werden wir auch ernst un richtig sauer.
Es gibt natürlich auch viele, die sin eifersüchtig. Der Dom zum Beispiel. Dat gibt et nirgens noch mal. Auch wenn mer nich dauernd reingeht, der steht da, der is da. Da sin selbst Kriege dran vorbeigezogen un konnten dem nix.
Nun klappt bei uns manchmal auch wat nit richtig. Sagen wir mal dat mit dem Stadtarchiv, dat in die U-Bahn reingerasselt is. Aber wer geht schon in so‘n Stadtarchiv? Wat gibt et da überhaupt? Ich wusste vorher gar nich, dat et dat gibt. Un die U-Bahn, wenn die fertig is, hält die quasi an jeder Ecke. Aber unten. Un wenn de dann hochkommst, meinste, du wärst schon viel weiter. So wird die Stadt größer. Das Komische is, dat viele Sachen beschlossen werden un angefangen, doch dann wird dat alles viel teurer. Dat is aber auch schwer zu planen, zum Beispiel so en Museum, dat is ja nich nur dä Bau, sondern auch die Heizung später un die Putzfrauen. Aber wenn de dat alles direkt sagst, dann will dat ja keiner mehr.
Viele sagen, Köln is dreckig. Is et auch. Wenn ich mit dem Opa durch die Stadt gehe, sehe ich die Mülleimer brechend

voll. Da schmeißen die Leute dann immer weiter drauf. Ich war mal in München, da is alles sauber. Der Kölner, glaub ich, dä is da laxer un lebenslustiger. Dä Münchner nur auf dem Oktoberfest, die leben dann nur in Zelten. Aber werden auch Deutscher Meister. Der Opa sagt, Köln war immer dreckig. Ach so!
„Ihr seid nur ein Karnevalsverein", dat singen die anderen, wenn die Kölner sehen. Aber auf Mallorca bringen wir die Stimmung, un alle singen Viva Colonia. Der Opa sagt: Wir waren schon immer die Papageien. Un Millionen kommen un kucken sich den Rosenmontagszug hier an. Un im Fernsehn die Sitzungen. Dafür sin wir gut genug. Un die ganzen Stars fangen ihre Tourneen in der Köln-Arena an, weil die so nen Top-Anfang haben.
Überhaupt Kultur. Dom, wie schon gesagt. Aber auch noch andere Kirchen, wenn ich die auch nich kenne. Un Museen. Moderne Kunst un alte, un dat Schokoladenmuseum is dauernd brechend voll. An den Schokobrunnen kommste kaum ran. Un Hotels haben wir noch un nöcher. Allein wegen der Messen: Anuga un Fotokina un Fahrrad un Motorrad, alles will nach Köln, weil wir auch klasse liegen hier im Westen. Un uns kennt jeder in der Welt: Wir heißen ja nich nur Köln oder Köllen, sondern auch noch Colonia un Cologne. Un die ganzen Städte un Dörfer, sagen wir mal auch Leverkusen, Gladbach, Aachen unsoweiter, wenn die woanders un im Ausland, im Urlaub woauchimmer, gefragt werden, wo kommt ihr her, wat sagen die? Na, entweder bei Köln oder direkt aus Köln! So is dat nämlich. Aber dann hier den Bagger aufreißen un uns schmähen. Diese Printen un Chemiewerksclubleute. Von Gladbach ganz zu schweigen.
Also, wir können schon stolz sein. Un die Heiligen Drei Könige haben wir ja auch, hab ich beinah vergessen. Ja, un der

Rhein, mit acht Brücken. Un dat Panaroma. Wo gibt et denn sowat noch?
Mein Freund Achmet is auch ganz stolz, dat er hier geboren is un hier lebt. Wenn der aus der Türkei aus den Ferien kommt, sagt der, dat die alle Köln kennen, die sagen zu dem immer „Ford“ un „Kölle Alaaf“.
Un wir haben ja über tausend Lieder, wo et nur um Kölle geht, un wie schön dat hier is, un wie toll wir sind. Un davon können wir stundenlang singen.
Tja, un jetz stell dir mal vor, hier wär et richtig sauber un der FC wär Dauermeister! Dat wär ja kaum zum aushalten.

Kevin in der Innenstadt

Wenn de außerhalb wohns, so wie ich, is Innenstadt, oder Centrum, schon was geiles un wat anderes. Dat is dann richtig Stadt, nich nur Straßen un hier wat un da wat. Am schnellsten kommste dahin mit der Bahn, also Straßenbahn. In Köln nennen die die U-Bahn, weil die teilweise unten, also unterirdisch fährt. Aber nur unter Straßen, nich wie, sagen wir mal, London oder Paris, unter ganzen Häuserblöcken. In Köln musste das billig sein, deswegen hat man nur die Straßen aufgerissen, nen Graben gegraben, ne Röhre rein, fertig. Hat mir der Opa erzählt.
Also, Innenstadt. Dat war früher eben Köln. Noch ohne Vororte un drumrum. Erst Römerlager, dann bis zur Stadtmauer wie Hahnentor. Un dann weiter un weiter, quer durch die Geschichte. Aber Centrum bleibt Centrum. Dat haste zum Beispiel in der Schildergasse. Wenn de wat Vernünftiges kaufen willst, dann musste dahin. In die Innenstadt eben. Oder am Wochenende. Wenn die Jugendlichen ausgehen, in die Disco unsoweiter. Immer in die Innenstadt. Dat heißt dann Ringe. Die gehen dann da auf un ab un kucken sich die Leute an. Vor allem Mädchen, also die Jungen. Un umgekehrt. Aber es gibt hier auch Schwule. Manchmal erkennt mer die direkt, un manchmal nich. Man gewöhnt sich dran. Man weiß ja auch nich, wer in der Schule oder im Viertel schwul is. Das sagt einem ja keiner, warum auch. Mein Vater, also, wenn der mal da is un wir davon sprechen, der sagt: Das sind Menschen wie du un ich. Lass die. Tu ich auch. Vielleicht werde ich dat auch. Wer weiß dat? Oder dä Achmet, auch wenn der eigentlich Türke is. Wer weiß, wat alles so in einem drin steckt.
In der Innenstadt sin die Leute richtig aufgekratzt. Man freut sich ja darauf, et is wat Besonderes, un mer fährt ja auch extra hin. Hier is man nich sowieso, wie zu Hause. Et gibt manche, die fahren nur einmal im Jahr dahin, vor allem vor Weih-

nachten. Wegen der Geschenke un wegen der Weihnachtsmärkte. Da sin die Plätze brechend voll, toll. Innenstadt sin die großen Kaufhäuser un die Top-Läden für Markensachen. Dat kostet sein Geld, klar, aber et is ja auch wat. Dat siehste ja direkt. Un wenn de sagst, dat habe ich auf der Hohe Straße gekauft, biste wat. Un wer richtig Schotter hat, kenn ich aber keinen, die gehen in die Mittelstraße. Bei uns in Chorweiler oder wie einer aus der Gäng, der wohnt in Pulheim, da sagt man gern, bei uns gibt et auch alles. Wat soll ich nach Köln fahren? Die sagen „Köln", wenn se die Innenstadt meinen. Da erkennste direkt, dat dat eigentlich Bauern sind, quasi ne Randgruppe von dä Stadt.

Allein die Bauten. Dä Dom, die Museen, die Banken, die Kaufhäuser: dat is alles ne andere Größenordnung. Dat hat wat. Hier bei uns im Vorort sieht et aus, wie überall in den Vororten von so großen Städten. Erst in der Innenstadt werden die zu Köln, Hamburg, München und Berlin. Dat man die auch als solche un speziell erkennen kann. Dom is Köln un Brandenburger Tor is Berlin.

Ich glaube, wenn ich mal groß bin un dat Geld verdiene, wat ich verdienen will, dann möchte ich schon in der Innenstadt wohnen. Un dä Rhein is hier auch ganz anders als bei uns im Norden. So en Fluss mitten in der Stadt, dä wirkt da ganz anders. Un jetzt bin ich schon einmal in der Woche im Centrum. Mim Achmet.

Kevin und seine Gäng

Wat heiß „Gäng"? - Fründe sin dat. Fründe beim Driss maache. Gäng sagt man in so Filmen, sagen wir, aus Amerika. Dat hammer übernommen. Klingt irgendwie cool, aber auch gefährlich. Ich bin in ner coolen Gäng, kenn aber auch gefährliche un richtig kriminelle. Da will ich eigentlich nix mit zu tun haben. Aber et gibt schon so Überschneidungen.
In meiner Gäng, also die Gäng, wo ich drin bin, is auch der Achmet. Der als Türke, un davon haben wir noch en paar, un auch Italiener wie dä Gino, die machen dat international. Aber dat merkt so keiner, un interessiert auch nich, weil wir ja Freunde sin. Nur wenn et mal Zoff mit anderen Gängs gibt, dann sprechen auf einmal denen ihre Türken mit unseren Türken, un denen ihre Italiener mit unseren. Un die sprechen dann in ihren Sprachen. Dat kann gut sein, dat kann schlecht sein. Dat Leben is also komplizierter als man so denkt. Un die Deutschen, die stehen bei sowat dumm rum, un die sin dann auf einmal eigentlich Polen oder Russen. Ich bin schon en richtiger Deutscher, also Kölner. Un dä Opa sagt immer, halt dich bei sowat raus. Sagt auch mein Vater, un dessen Meinung is mir bei sowat schon wichtig, weil dä ja Knasterfahrung hat un dat alles kennt, nur eben in geschlossenen Räumen un in der Zelle.
Wenn einem Unrecht geschieht, mer beleidigt wird, oder sowat, kommt Rache int Spiel un die Gäng hilft einem. Dat tut schon gut, dat de dann nich allein bis. Aber die Sache wird natürlich auch komplizierter, oder dat wird ne andere Hausnummer, also Größenordnung. Un dat wird dann schwer, da wieder runter oder raus zu kommen. Gut is, wenn die Gäng nur aus Jungen besteht; da gibt et wat aufs Maul, dat war et. Mit Mädchen wird alles schwieriger: die hetzen oft im Hintergrund. Scheiße is, wenn manche Pfefferspray benutzen. Von richtigen Waffen, dat gibt et auch, will ich hier mal nix

erzählen.
Dat et Händys gibt, macht die Sache einfacher und schwieriger, vor allem schneller. Heute geht alles ruckzuck. Wir waren mal mit zwei Klassen im Zoo, um Tiere zu kucken un Arbeitsblätter auszufüllen, un bei uns waren vier aus der Gäng. Un da waren andere Schüler aus Leverkusen. Mit denen gab et direkt Zoff, klar, wegen dem FC un denen ihrem Plastikverein. Aber die waren irgendwie älter un stärker, jedenfalls sah die Sache für uns böse aus. Da hat einer von uns mim Händy zur Schule un überhaupt nach Chorweiler telefoniert, un nach ner guten halben Stunde waren dreißig Mann von uns da, einfach durch den Eingang durch, un ab ging die Post. Die Zooleute un die Lehrer wollten schon die Polizei rufen, aber da hatten die Lehrer von dä Leverkusener schon den Rücktritt angetreten. Soweit Händy im Zoo un Gäng in Bereitschaft. Dat kann natürlich auch schlecht ausgehen.
Gäng is nich nur so en Freundeskreis. Der Achmet un ich, wir brauchen die schon, aber auch nich. Beim Fahren un Gehen zum FC: In der Gäng, wat da nur so ne Gruppe is unter vielen, biste stark. Wenn die anderen Hools kommen. Aber die Polizei is natürlich auch da, un da krisste schon Schiss, un wenn die einen von uns packen, da willste den befreien, un dann geht dat oft richtig los. Dat is schon wat anderes als Schule oder auf dem Spielplatz rauchen oder Weiber anmachen. Aber irgendwie: Ich muss mit dem Achmet nochmal reden, über die Gäng un so.

Kevin auf dem Kölner Dom

Kölner Dom, klar, kennt jeder, also überall auf der Welt. Noch mehr als den FC. Den Dom hat man extra auf ne Domplatte gebaut, damit den jeder sieht. Un der Hauptbahnhof is auch direkt dran, damit man nich zu viel laufen muss. Un man kann den Dom auch in Andenkenlädchen als Dömchen kaufen, also in klein un klitzeklein, für Zuhause aufem Schrank. Dat man da war un weiß, wat berühmt is un Kultur. Oder als Kölner: Hier, ich bin Kölner un stolz darauf. Da kann man dann direkt den FC-Wimpel neben hängen.
Dat is nun aber auch en Kaventzmann! Un noch mehr is dat einer, wenn man unten am Rhein steht un hochkuckt. Un wat die Leute für Verrenkungen machen, um den zu fotografieren. Ich hab dat noch nich versucht. Warum auch? Et gibt doch schon genug Fotos von dem un DVDs un Filme. Ich kuck mir den lieber in echt an. Un die Leute, die da rum laufen! Quasi die ganze Welt. Un den kannste anfassen, in den reingehen un auf den drauf. Un ich war mit dem Opa auch mal drin, weil dä da beten wollte. In so ner Messe mit dem Kardinal. Dat war an nem 6. Januar un et war saukalt. Ich bin nur mitgegangen, weil mer danach an den goldenen Schrein dran konnte, wo die Heiligen Drei Könige drin sind. Als Skelett. Es gibt Lehrer, die haben uns gesagt, die wären nich echt, die wären geklaut, un hier, weil dadurch viele Leute nach Köln kommen. „Echt" würden nur die Kirche und der Hotel- un Gaststättenverband sagen. Als ich dat dem Opa erzählte, sagte der: Wat sin dat dann für Vaterlandsverräter? Dat sin bestimmt auch Levverkusen-Fans.
Man kommt ohne Eintritt rein. Un so Schweizer, dat sin so wat wie Polizisten, nur in Rot, die passen auf, dat die Leute nich zu laut sin, Käppi aufhaben unsoweiter. Alles sehr hoch, viele Säulen, viele bunte Fenster. Un vorne, wie gesagt, die goldene Kiste, dä Schrein. Un es wird viel geknippst un auch

gefilmt. Dä Dom an sich un die Leute davor. Damit die dat dann zu Hause zeigen können un sagen: Dat is dä Kölner Dom un ich.
En Lehrer hat uns mal gesagt, die Franzosen vom Napoleon hätten aus dem Dom nen Pferdestall gemacht, un hat uns so nen Haltering gezeigt. Alles Geschichte. Un rauf gehen is natürlich geil. War ich schon mim Opa, mit der Grundschule, mit der Kultur-AG un mit der Klasse. Un noch mit ner Tante aus der Eifel. Die sieht von da bei gutem Wetter den Dom, un jetz wollte die auch mal zurück kucken. Hat dat Kaff nich gefunden, aber so getan als ob. - Es geht also zunächst mal so ne rundrumene Wendeltreppe hoch. An Glocken vorbei, mit dem Dicken Pitter. Un wenn de denkst, du bist da, musste noch ne eckige Stahltreppe hoch, da kannste durchkucken, un da wird et vielen schlecht. Un oben dann kannste um den einen Turm rumgehen un kucken. Alles Köln. Schon toll. Wat wir quasi alles sind! Soweit dat Auge reicht. Un dann dä Rhein unten. Un die Leute auf der Domplatte, denen könnste auf den Kopf spucken. Sind aber zu viele Leute um einen rum. Un die Eisenbahnbrücke, da geht et nach dem Osten. So hat mir dat dä Opa erklärt. Un wieder unten is der mit mir in ne große Wirtschaft gegangen, „Früh“. Da hat dä Opa zwei Kölsch getrunken, un dä Köbes wollte den Opa mim Trinkgeld betuppen. Nä, hat dä da gesagt, do hätt ich dat Jeld jo och däm Schweizer en de Sammelbüchs jevve künne! Da staunte dä Köbes, dat da einer Kölsch konnte.

Kevin im Zoo

In der Schule haben wir Tiere durchgenommen bis zum Gehtnichtmehr. Im Zoo gibt es hauptsächlich Tiere, sonst hieß es ja Flora. Die hat Pflanzen un Mücken. Und die Mendelschen Gesetze als Blumen. Rote und weiße gemischt ergeben rosane, aber auch wieder rote und weiße. Dat es einfach so, un dat lernt man in der Schule, verjisst dat dann un sieht et wieder in der Flora. Un sagt dann: Dat sin die Mendelschen Gesetze. Die kenne ich noch aus der Schule. Das gibt es auch mit schwarzen und weißen Kaninchen. Dat es dann wieder Zoo.

Tiere haste fast nich mehr in Käfigen, dat wär dann der Klingelpütz, also Knast, also sowat wie Hühner-KZs mit einem Elefanten auf zwei DIN A4-Blättern. Die Elefanten haben jetz richtig viel Platz, un wenn die jetz Junge kriegen, greift der Mensch, also du un ich un dä Zoodirektor, nich mehr ein un filmen dat alles. Dat siehste dann im Fernsehn un auf Youtube.

Jetz sin mer ganz stolz auf dat Flusspferdbecken, da kann man rein gucken. Die kacken aber alles voll un so siehste nix, nich mal Kacke, die verflüssigt sich. Mein Opa sagt, als ich klein war, wär ich vor jedem Käfig un Gehege stehen jeblieben un hätt gefragt: Kann mer dat essen? - Dä Opa isst ja auch Pädsfleisch un erzählt dat bei jedem Pferderennen im Fernsehn un hat dabei leuchtende Augen. Es jab mal nen Spielplatz mit ner alten Lok drauf, da kletterte man drauf un stieß die man nich wollte, runter. Die Eltern und die Lehrer schrieen „Vertragt euch, da is Platz für alle!“, dat stimmte aber nich, deswegen flogen die vom Gymnasium als erste runter. - Die Lok war für viele das Tollste am Zoo. Die Tiere kannste ja nur kucken, dat kannste auch im Fernsehn. Und so spannende Sachen wie Löwe gegen Bär oder gegen Gladiatoren, dat gab es nur bei den Römern, also in Köln früher. Aber heute is dat Tier ein

Bruder vom Menschen, un damit langweilig.
Folgende Tiere kann man auch sehen: die, die auf einem rosa Bein stehen, deswegen heißen die Flamingos. Giraffen, die genauso viele Halswirbel haben wie wir anderen Säugetiere, nur eben größer. Paviane mit roten Ärschen, die sich direkt einen kloppen, wenn de ne rohe Zwiebel auf den Felsen schmeißt. Gorillas hinter beschlagenen Glasscheiben, die kotzen un das dann noch mal essen. Un die kucken einen so komisch an; lang kann ich dat nich aushalten, die kucken als wollten se wat sagen, können es aber nich. Oder ich versteh se nicht.
Man kann Eis essen un Fritten. Wenn ich mim Opa zum Zoo gehen, gehen wir da direkt hin. Gehen wir mit der Schule, müssen wir erst durch den ganzen Zoo un müssen Arbeitsblätter ausfüllen. Aber weil die Lehrer rauchen und quatschen und Kaffee trinken wollen, schreiben zwei Streber die Blätter und wir machen, was wir wollen. In der Schule haben die Lehrer vorher noch gesagt, das alles wär wichtig für die Noten und für dat Zeugnis; ja, ja. Aber Fritten sin auch wichtig, un wir wollen ja vor den anderen Klassen da un dran sein un nicht in der Schlange stehen. Dat is wie am Eisstadion: Wenn da ne lange Schlange am Eingang is, da sagen wir laut: He, wir sin die von der Asi-Schule, da lassen uns alle vor, vor allem die Gymmi-Lehrer haben Schiss, die Ottos mit ihren Brillen. Also Zoo is schon gut, un Tiere musste eben kennen.

Kevin auf dem Drachenfels

„Drachenfels“ sagte mir erstmal garnix. Opa un Oma alles. Un wir sollten nen Ausflug dahin machen. Der Opa verdrehte de Augen: „Hoffentlich is dat nit wie früher. Wat haben wir da gesoffen!“ - Na, dat konnte ja heiter werden.
Der Lehrer sagte so im Mai, dat wir uns mal die Umgebung ankucken wollten, nich immer nur Phantasialand. Wir wären ja auch schon in Zons gewesen und in Bad Münstereifel. Ersteres war klein, un dat zweite auch. Beides hat ne Mauer drumrum, alte Häuschen, un et is nix los. „Da wohnt doch dä Heino“, meinte de Oma. Ob jetzt Zons oder Münstereifel; weiß ich nich, interessiert mich nich. Heino!
Wir mussten mit der KVB bis zum Hauptbahnhof, dat ging noch, also vom Benehmen, war ja auch noch früh. Dann wat warten, un dann in so nen Zug. Die meisten waren noch nie mit so nem Zug gefahren: da konnte man oben und unten sitzen. Rumlaufen war verboten: Lehrer, einer von der Bahn, die anderen Leute. Gott sei Dank hatte meine Mutter Chips mitgegeben: teilweise hab ich die gegessen, teilweise verteilt, teilweise rumgeschmissen.
Dann waren wir in Königswinter. Naja, sowat wie Münstereifel, aber mit Rhein. In den haben wir Steine geschmissen, aber als wir so große rauswuckerten, kam einer un schrie: Dat gehört zur Uferbefestigung! Ging also nich. Als der Achmet beinah in den Rhein geflogen war, sahen die Lehrer zu, dat wir da weg kamen. Wurde aber auch schon langweilig. Dann gingen wir zum Berg hin, un der eine Lehrer sagte, da oben ist der Drachenfels, da wollen wir hin. Nä!
Aber wir hatten genug Geld eingesammelt un wir gingen zu so ner Bahnstation. Paar Stufen hoch, un wir mussten erst mal wieder wat zurück, die Älteren sollten wir vorlassen. Durch so en Drehkreuz in so zwei grüne Wagen von soner Zahnradbahn. Das hatte uns dä andere Lehrer schon in der Schule

erklärt, das war ne Bahn, die in der Mitte Zahnräder hatte für die Steigung. Das konnte man gut sehen, un die Bahn war sehr langsam. Dann waren wir oben, un wir konnten Fritten kaufen. Einige kuckten auch runter, ich zum Beispiel, un da konnte man den Rhein sehen, ganz toll, un zwei Inseln. Un der eine Lehrer zeigte in die Gegend und sagte, da hat der Adenauer gewohnt. Der war das, was die Merkel jetzt ist, nur als Mann un damals. Wir gingen dann weiter hoch, bis zu so nem Turm, also dem Rest von dem. Wir haben mit dem Händy Fotos gemacht un Steine runtergeworfen. Natürlich verboten. Es wurde dann langweilig, wieder runter zur Bahn. Da haben einige wieder Fritten gekauft, aber der Bahnfahrer sagte: „Mit Fritten nehme ich euch nicht mit, und warten tu ich auch nicht!“ Da haben wir verteilt un reingehauen, wir hatten ja keine Lust, da zu warten un weiter Landschaft zu kucken. - Also wieder zurück un die Zahnradschiene gekuckt. Davon hatte der Opa nix erzählt, nur vom Saufen. Unten im Dorf haben wir aber keine Busse mit Säufern gesehen, auch keine Tanzlokale, wovon die Oma erzählt hat. Irgendwie alles weg, auch keine Esel für die Leute hochzuschleifen. Auf der Hauptstraße aber zwei Dönerläden, da konnten wir in Ruhe wat essen. Zwei verpissten sich zum Rauchen. Da kam aber einer aus dem Königswinter un sagte dat den Lehrern. Da mussten die dann wat tun.
Dann ging et wieder nach Köln. - Jojo, war schön. So lernt man die Gegend kennen: Münstereifel mit Eifel un Heino, un Zons un Drachenfels mit Rhein.

Kevin und sein Name

Also, wenn die Leute, also viele Leute, wenn die den Namen Kevin hören, verdrehen die direkt die Augen. Verstehe ich eigentlich nich, weil ich, bevor ich dat bei den Leuten gemerkt habe, den überhaupt nich seltsam fand. Ich war der Kevin, und damit Schluss. Und vor allem: es gab noch viel mehr Kevins. Ich weiß nich, ob alle wegen dem Film „Kevin allein zu Haus", oder wat. Mein Freund Achmet heiß ja auch Achmet, un keiner sagt wat. Wat soll mer da groß sagen? Un bei Kevin dann doch? Nun kann ja keiner wat für seinen Namen. Un den haste dann dein Leben lang. Un is ja auch wichtig. Man sagt ja auch: Rufname. Damit wirste also gerufen. Un komms so in den Perso, in et Klassenbuch, halt überall da, wo de aufgeschrieben wirst. Den geben die Eltern, so oder so, un warum auch immer. Un man hat mal in der Schule erzählt, dä Name muss nach fünf Tagen, spätestens, zum Standesamt. Schluss, aus, Mickymaus.
Ich meine, et gibt Namen, die möchte ich nich haben: zum Beispiel mein Großonkel Joseph. Der sagt auch noch immer: Joseph mit P un H, nich mit F. Als würde dat noch wat ändern. Oder dessen Frau: Rita. Irgendwie unglaublich. - Ach so: Bei uns heißen se alle auch Maria, auch die Männer. Dat is die Ausnahme, wo Männer auch Frauennamen haben dürfen. Weil Maria ja wat ganz Wichtiges is. Es gibt ja auch viele Prominente oder Berühmte, die auch Maria heißen. Dä Opa hat mir so einen beigebracht. Rainer Maria Rilke. Dat war so en Dichter.
Aber man soll keinen wegen seinem Namen verarschen oder auf den Arm nehmen. Weil, wie gesagt, die Eltern. - Aber wer hat bei denen dat Sagen? Die Mutter, der Vater? - Bei uns bei sowat die Mutter. Ich hätte auch Boris heißen können, wegen Boris Becker. Aber als ich kam, war dat mit dem Boris-Hype schon wieder vorbei. Un dann hießen se alle Alexander. -

Durch die Polen un Russen, die jetz mit uns hier Kölner sin, sin andere Namen dazu gekommen: Sascha, Nikolaj, Damian, Sonja, Sergej. Und so weiter und so weiter. Mir is dat egal, irgendwie, et darf nur nich zu bekloppt sein. Aber Beispiele nenn ich jetz hier nich. Könnte ja peinlich werden. Un Witze mit Namen soll man nich machen. Dat mag ich nich. Kann ja keiner dafür, wie gesagt. Un dä Namen is ja, oder wird et eben, Teil von einem. Wie dat Gesicht, oder die Figur. Wenn einer dick is, weiß der dat von selbst. Dat muss man dem nich auch noch dauernd sagen. Nur Mädchen: Wenn dat Zicken sin, wissen die dat oft nich.
Viele bekommen ja auch mit der Zeit Spitznamen. Die sin meistens gut gemeint. Aber trotzdem gibt et manche, die mögen dat nich un werden sauer. In der Gäng haben wir einen, der heißt Alexander, den nennen se aber Sascha. Da wird der fuchsteufelswild, weil dat, wie der sagt, en Mädchenname is. Is et aber nich. Aber dat interessiert den wiederum nich. Kannste nix machen. Dann vertut mer sich eben mal, dat gibt et kurz Stress, un dat is et wieder gut.
Tja, un wie geht et mit Kevin weiter? Ich hab gehört, dat mer Namen auch ändern kann, wenn die zum Beispiel richtig Scheiße sind, wie Adolf, wegen Hitler. So will ja keiner heißen. Oder wenn man mal en Künstler wird, dann nimmt mer sich nen Künstlernamen. Wie Roy Bläck, oder Heino, oder Rolling Stones. - Vielleicht meinen die Leute aber in en paar Jahren, Kevin wär auch en Künstlername. Mal sehen.

Kevin und der FC

Ohne FC läuft bei mir garnix. Dä Opa un meine Mutter sin sujar FC-bekloppt. Mein Vater sagte immer: „Ihr mit eurem Driss – FC!“ Dat war auch en Grund, warum meine Mutter den rausgeschmissen hat. „Mer kann doch nit für so nen Saboteur noch de Butterbrote schmieren un mit dem in die Kiste gehen!“ sagte meine Mutter. Un dä Opa drauf: “Jenau, Kind!“ So wurde ich quasi für den Verein ausgebildet. Sowat wie Meisterschaft kenne ich nur aus nem Buch un aus Erzählungen. Dä Opa sagt immer nur „Schäfer!“ und mein Vater, also wie der noch bei uns sein durfte: „Overath!“ Den Overath kenne ich nur als Präsident, un dä is ja auch schon widder fott.
Dä FC is eijentlich quasi immer deutscher Meister, also müsste der sein. Dä hat die besten Fans der Welt, wir singen die meisten Lieder, dat sin die von Karneval un dat machen mer janzjährig. In jedem Lied heißt et KÖLLE un COLONIA, weil wir die tollste Stadt der Welt sin.
Deutschland, also die Nationalmannschaft, is nur dann Weltmeister geworden, wenn Spieler vom FC dabei waren. Also Schäfer, dä Overath und dann Litti/Illgner/Häßler. Tja, nix Bayern München oder Dortmund.
Ja, un dann steigen wir ab, dann weinen wir, un im nächsten Jahr steigen wir auf un singen wieder un wieder: Nie mehr 2. Liga! Et weed evens nix so heiß gegesse, wie et gekoch weed. - Et hätt jo alles vill schlimmer kumme künne: Loor ens Düsseldorf! Fuffzehn Johr fott vum Finster! - Un dat Stadion is immer voll: diesmal, in dä neuen Säsong, spielen mer se all an de Wand! Jetz geht et gegen den Abstieg, da wird jeder jebraucht! Dann geht et um den Aufstieg un dann kommt dä neue FC. Un mer singen die tausend Lieder, die mer haben, un Kölle es su schön, un dä Effzee is dat Hätz vun Kölle. Un warum sollen wir so en langweiliger Dauermeister sein wie

die Bayern? Hauptsache, Leverkusen weed nix. Un Mönchengladbach sowieso.
Ich hab FC-Bettwäsche un drei Schäle in rot-wieß. Un wer „Ziegenclub“ sagt, kriegt direkt wat an die Muul. Ich hab Mitschüler, die BVB-Fans sind, wenn die Meister sind, un Stuttgart, wenn Stuttgart. Ekelhaft!
Feiern kenne ich nur Aufstiegsfeiern om Ring. Dann wird zwischen Friesen - un Rudolfplatz zugemacht, mer singen un höppen auf dem Betongauto von sonem Künstler. Dann simmer wieder dobei un spielen oben mit.
Wenn ich schon mal an die Meisterschaftsfeier denke! Da brennt die Stadt, keiner geht mehr in die Schule un alle sin besoffen, un et gibt bald kein Kölsch mehr. Ich werd wahnsinnig, wie toll dat wird: die ganzen Ringe gesperrt un in ganz Deutschland schreiben die Zeitungen: Der FC ist der beste Verein der Welt! Also dat, wat wir ja schon immer sagen. Un die Alten hören endlich auf mit dem Jequatsche von Schäfer un Overath, als wären wir Jungen jarnix. Un dann geht dat ja auch mit der Championslieg los! Warum sollen wir da nix reißen? Die kochen auch alle nur mit Wasser.
Dä Opa sagt, ich will noch einmal en Meisterschaft erleben, ejal wie alt ich da werden muss. Ich sag dann immer: Opa, so lang dauert dat nit. Un dä sagt dann: Tja, hätte mer noch ne Schäfer oder nen Overath!

Kevin und der Karneval

Karneval is irgendwie dat Tollste. Dat is sowat wie Silvester, Geburtstagsparty mit Komasaufen un Fronleichnamsprozession. Karneval gibt et drinnen un draußen. Drinnen: dat sin Säle, Kneipen un Schulen. Draußen ist draußen auf der Straße, als Zug oder als Scheißebauen von Jugendlichen.

Karneval heißt eigentlich Fastelovend un Köln ist davon die Hauptstadt, und Rio. In Deutschland gibt et auch noch andere Städte, die sowas veranstalten, aber da Köln dat Zentrum ist, interessiert uns dat nicht. Über die kann ich überhaupt nicht lachen, und da würde ich auch nie hinfahren, un die kuck ich mir auch nich im Fernsehn an. Wir waren schon immer die Nummer eins und bleiben dat auch. Den Schummi hat damals ja auch nit interessiert, wer auf Platz 16 gestartet ist.

Fastelovend geht in der Familie direkt nach der Geburt los. Mer is ja quasi die Monate vorher im Mutterbauch schon durchgeschüttelt worden. Tja, un kaum is mer da, is mer auch schon dabei. Mit vier Monate war ich schon Tünnes. Als mein Opa gestorben ist, also nicht der, der noch leben tut, wie der auf Melaten beerdigt wurde, war von dem seine Rote Funken ne Blaskapelle dabei un die spielten Fastelovendslieder, wegen dem Todesfall in Moll, aber alle sangen oder summten mit. Danach beim Totenkaffee hat einer seine neue Büttenrede ausprobiert. Die sagten: Dat hätte dem Opa bestimmt gefallen! Nen Tusch gab es nich, dafür aber ne Runde Korn. Et ganze Leben lang biste hier im Karneval dabei.Wie schon gesagt, als kleines Kind schöckelen dich die Eltern im Viertel am Zugweg entlang, dann wirste in der Kneipe geparkt un da krisste schon alles mit, wat du als Kölscher wissen muss, quasi indirekt. Im Kindergarten geht dat weiter, tja, un dann die Schull. Wenn du auf ne gute kommst, haben die auch en Schulsitzung, un da lernste alles von Pike auf. Ich hab da für et Leben gelernt: Auftreten, vor vielen Leuten reden un

singen, später en Sitzung leiten, undsoweiterunsoweiter. Danach biste vor nix mehr bang. - Ja un dann Kneipenkarneval, Straßenkarneval, auch dann in so Sälen un Festzelten. Ob ich später mal in nen Verein gehe, weiß ich noch nit. Viele sagen, dat wär steif, andere sagen, dat wär richtig doll in so ner großen Gruppe. Un da würd auch wat im Sommer gemacht, un et gäb ne Weihnachtsfeier mit Tombola. Mal sehn.
Un dä größte Karnevalsverein in Kölle is sowieso der FC. Ne halbe Stunde vor dem Spiel singen mer kölsche Lieder und Karnevalslieder, wat meistens datselbe ist. Un alles is rot-weiß un Köln ist die schönste Stadt der Welt. Un wer im Karneval wat es, kann auch beim FC im Vorstand wat werden. Hauptsache Köln.
Un dienstagabends weed dä Nubbel verbrannt. Da war ich schon im Kinderwagen mit dabei, aber im Schlaf. In dem Wagen war ich un en Pittermännchen, un als ich mal am quengelen war, hat mein Mutter dä Nüggel in et Bier gezoppt; dann war Ruhe im Kartong.
Ich liebe Karneval besonders, seit ich weiß, dat et Mädchen zum Knutschen gibt. Da sin mer all jöckig un locker vom Hocker. Dat heißt nun nich, dat mer die Sau rauslässt, wie viele Fremde dat meinen, aber en bisschen schon. - Un dat Dolle es: Dat gibt et jedes Jahr!

Kevin ist krank

Zu Dünnschiss sagt man Magen-Darm; nä, umgekehrt. Das eine zu Hause, dat andere in der Schule. Krank sein ist nicht schön, außer wenn man es eigentlich nicht ist und nur so sagt, sagen wir, als Entschuldigung in der Schule. Manchmal horch ich morgens nach dem Wecken so in mich rein, ob nich wat weh tut un ich nich lügen muss, wenn ich zu Hause bleibe. Un irgendwat tut immer weh. Trotzdem ist krank sein Scheiße.
Obwohl: So im Bett liegen mit Kopfhörer un Fernsehn an un Essen und Trinken Ranschleifen durch die Mama: Dat hat schon wat.
Einmal war ich richtig krank, vom Saufen. Eigentlich darf ich dat ja gar nicht, aber wie dat Leben eben so spielt. Ich war mit größeren zusammen un die waren schon vorher gut drauf. Bier mag ich ja nich, dat is mir zu bitter. Aber Cola-Korn, dat is schon wat. Dat schmeckt lecker süß un zieht trotzdem rein. Aber irgendwie war dat zuviel. Die anderen sagten: Komm, einer geht noch rein. Tat der auch. Un dann kam der auch direkt wieder raus und brachte auch noch die anderen mit. Un die Chips un all dat, wat ich gegessen hatte. Ich bin dann quasi auf allen Vieren heim, meine Mutter hat zu meinem Vater, der auch mal wieder gerade da war, gesagt: Mach du dat, der will ja so en Mann werden wie du! Un der hat mich dann unter die Dusche gestellt un eiskalt parat gemacht. Ich musste dann auch noch mal kotzen, dat tat richtig weh, vor allem im Hals, un ich war dann also krank. Ich lag im Bett un dachte, ich wär in Deutz auf der Osterkirmes. Nie mehr sowat!, hab ich gedacht. Aber man erholt sich ja doch schneller als mer denkt. Meine Mutter sagte dann: Lass et dir ne Lehre sein! Jaja, is ja gut. Ich glaub, mer muss vorher wat ordentliches essen. Hoffentlich behalte ich dat bis zum nächsten Mal.
Blaue Flecken hat mit Kranksein nix zu tun. Dat is einfach ne Begleiterscheinung vum Jungesein und vor allem Fußball.

Es gibt aber auch bösartige. Zum Beispiel Pferdekuss. Das ist erstens scheiße un muss zweitens gerächt werden. Aber irgendwann muss man damit aufhören, sonst biste ja en Ganzkörperblauerfleck. Mädchen sin schon mal krank oder kränklich oder fühlen sich so, wenn se die Tage haben. Ich meine aber, manche haben dat wöchentlich oder sogar täglich. Aber wie willste dat überprüfen? Die gehen dann im Unterricht einfach nach Hause. Entweder die gehen einfach nach der Pause oder die gehen zum Lehrer. Die, also die männlichen Lehrer, sin für die am einfachsten: die haben keine richtige Ahnung oder trauen sich nich richtig nachzufragen. Bei Lehrerinnen is dat ganz anders: die sin hartnäckig, fragen nach un kucken richtig streng. Da trauen sich viele Mädchen schon gar nich, irgendwat zu erzählen.

Kranksein in der Familie: Na klar, die Oma is dauerkrank, die liegt nur rum in nem Spezialbett, der Pipi hängt in nem Platikbeutel, un für groß kommt die auf so ne Pfanne. Die hat sich dran gewöhnt und wir alle auch. - Der Opa is nie krank, mal Husten un Schnupfen, un irgendwat mim Herzen. Der sagt aber nix. Der sagt: Die Oma reicht schon für ne ganze Familie. - Un meine Mutter, die is mehr so seelisch. Die leidet. An meinem Vater, an uns Kindern, an ihrer kranken Mutter, un dat der Opa nix sagt. Die kuckt dann ganz traurig, un wenn mehr sagt, is wat?, dann sagt die: Nä, nä, lass mal, et geht schon. - Un dat tut et auch.

Kevin im Museum

Museum gibt et solche un solche. In Köln muss jeder ins Römisch-Germanische, weil Köln von den Römern ist. Also zweitausend Jahre sind wir alt, und wir waren immer ganz wichtig, bis heute, da sind wir Millionenstadt und der FC, auch wenn der mal 2. Liga ist. Aber wir sind ja ein Traditionsverein, nich sowat wie Levverkusen. Wat für uns Rom is, is für die Aspirin. Un Tradition gehört eben in et Museum. Wie der Fuß vom Overath, der is - natürlich - im Sportmuseum unten am Rhein; dat is aber sauteuer, da hat mich der Opa mal zum Geburtstag hingebracht.

Also die Römer: die haben den Germanen, die teilweise Ubier hießen, gezeigt, wat ne Harke is. Und die linksrheinischen haben dat kapiert, haben sich gesagt, so Kultur is schon gut, Lesen, Schreiben, Mosaike basteln, Wasser aus der Eifel holen. Nur die rechtsrheinischen nich, die haben sich gewehrt, die standen mit offenem Maul am Rhein un blieben doof un wurden dann später Leverkusen.

Wir haben viele Museums, also: Museen, z.B. für Karneval. Da kommt quasi jedes Jahr wat dazu, weil ja jedes Jahr Karneval ist und en Rosenmontagszug. Da könnste ja schon immer wieder Hallen füllen. Und ins Museum gehören auch viele Sänger: der Ostermann, Marie-Luise Nikuta un Ludwig Sebus. Die waren immer schon da. Museum ist auch das für Schokolade; auch teuer. Aber dat is den Leuten egal, weil man da umsonst Schokolade probieren kann, Materialwert so 5 Cent, inklusive en Wäffelchen. Da siehste, woher die Schokolade kommt, nämlich ausem Urwald, den haben se auch da, da läuft die Luftfeuchtigkeit an den Fensterscheiben runter, so typisch tropisch halt. Und wie die Schokolade gemacht wird, dat die Figuren hohl sind, weil die geschwenkt werden. Am Aachener Weiher, dat is en viereckiger See an der Aachener Straße kurz vor der Inneren Kanalstraße, is dat

Ostasiatische Museum, mit Sachen aus Asien, wie der Name sagt, aber eben aus denen ihrem Osten, das ist Japan, China un Korea. Dat is eigentlich langweilig, aber dann doch wieder nich. Die Vasen, Schälchen un Kumpen sind richtig modern, aber dann doch schon uralt. Diese Asiaten, die waren damals vor Hunderten von Jahren schon so modern, wie wir jetzt; aber die Sachen waren nicht aus Plastik. Diese Leute haben sich viel in sich versenkt und in sich drin nachgedacht. Aber wie die gemalt haben, das ist schon toll; irgendwie einfach, als könnte man das auch, aber dann doch wieder nich. Auch in diese Bilder kann man sich versenken, wenn man so davor steht. Respekt.
Wir haben auch Museen für Bilder, für alte un für neue. Wir kommen ja als Schulklassen umsonst da rein, un ich hab dat gern. Wir dürfen nur nich zu viele sein. Aus bekannten Gründen, un einmal sin wir auch rausgeflogen. Un die Lehrer leiden. - Bei alten Gemälden kannste alles sehr gut erkennen, aber nicht wie Fotografien, sondern mehr künstlerisch. Un die Maler haben so ihren eigenen Stil: Wenn de von einem vier, fünf gesehen hast, erkennste den immer wieder.
So ganz alte Bilder aus Kirchen: naja, wer dat mag. Aber solche, wo so Szenen aus dem Leben sind, auch Landschaften un Städte, da kuckt man gern hin. Un die sind auch schwer wertvoll. Da steckt ja auch viel Arbeit drin.
Un moderne Sachen, auch Gegenstände, gibt et im Museum Ludwig. Ich mein, da gibt et auch Sachen, da fragste dich. Aber wenn der Lehrer oder en Arbeitsblatt dat erklärt, sieht dat schon ganz anders aus. Selbst Suppendosen oder Kartons. In so Museen kommen Leute quasi aus aller Welt, nur um dat alles mal richtig un in echt zu sehen. Also: ich könnte mich an so Kunst schon gewöhnen.
In einem Gebäude, dat heiß Zeughaus, weil da früher so

Waffenzeugs drin war, da is dat Stadtmuseum. Alles drin, von nach den Römern. Wie Köln, oder Cöln, schon richtig berühmt un riesengroß war, so im Mittelalter, vor so tausend Jahren un folgend. Die hatten da ne richtig riesige Stadtmauer, die nie besiegt worden is, weil die Roten Funken un deren Vorgänger da aufgepasst haben. Uns Kölschen konnte keiner, wie heute, nur eben in früher. Un et gibt noch Reststadttore, zum Beispiel dat Hahnentor am Rudolfplatz, wo die 1 hält. Schon echt mächtig, dä Klotz!

Die hatten sogar Weinberge in der Stadt. Da sagte dä Opa, mit dem ich sogar zweimal da drin war, dat sagte dä auf Kölsch, damit die dat an der Kasse hören konnte, wie toll hä dat konnte, die Frau da kam nämlich aus der DDR, also wat dat früher mal gewesen war, wo die alle Sächsisch sprachen: Dat wor so ne richtige suure Hungk! - Un es gab Kirchen, hunderte. Die müssen quasi den ganzen Tag un in der ganzen Stadt gebetet haben. Vielleicht hat dat ja auch wat gebracht. Die hatten Gott, den Kaiser un den Oberbürgermeister.

Es gab auch schlimme Zeiten, noch gar nicht solange her. Hitler, Nazis und so weiter. Dä Opa kann viel davon erzählen, der kannte mal einen, der war bei den Edelweißpiraten. Dat waren Jugendliche, die waren gegen die Nazis un haben sich auch quasi als Gäng mit denen geprügelt un sind dann bestraft un sogar gehängt worden, in Ehrenfeld, an nem Bahndamm. Da war ich mim Opa un der Klasse. Über Nazis un wat die alles verbrochen haben gibt es auch en Museum, Elde-Haus heißt dat, mit Folterzellenkeller. Dat kann man eigentlich gar nich glauben, un dat is ja noch gar nich so lange her. Un dat in unserem Köln! Man kann sich in Menschen schon täuschen. Wat die Geschichte für Seiten hat.

Un dafür sin die Museen auch da, dat man sich dat alles vor Augen führt.

Kevin und die Schule

Schule könnte ich en Buch drüber schreiben. Aber Schule kennt jeder, da war jeder, un jeder sagt „Da könnte ich en Buch drüber schreiben!" Un dat tut dann doch keiner, weil ja jeder dat alles selber weiß.
Also ich fang mal an. Dat Problem sin die Lehrer. Klar, et gibt solche un solche. Vor allem aber solche. Schade, is aber so. Manchmal fragt mer sich, warum der oder die überhaupt Lehrer geworden sin. Die waren doch auch mal Schüler. Ahnung von den Fächern haben die meisten schon. Aber gibt schon viele, die sagen nur: Buch raus. Seite soundso. Heft raus. Die wichtigsten Begriffe rausschreiben! Oder: Zusammenfassen!. Un wenn dat Vortragen anfängt, klingelt et schon meistens. - Oder die sagen: Ich sehe alles. Oder: Ich mache mir Notizen, auch wenn ihr das nicht seht. Dat sin dann so die unangenehmen Typen. Die sichern sich ab un wollen immer recht haben. Aber mit der Zeit geht dann einem auch am Gesäß vorbei. Et gibt natürlich auch gute Lehrer. Dat sin Lehrer, da lernste wat, un dat wird einem auch noch so beigebracht, dat de nachfragen kanns, un die dich nit blamieren, un wo et wat zu lachen gibt. Es gibt dadurch Stunden, da freuste dich richtig drauf. Auch wenn dat Fach schwer is.
Aber so en Schultag, dä rauscht meistens an einem so vorbei. Wenn ich nach Haus komme un meine Mutter oder dä Opa fragt: Wie wor et? Wat haste gelernt? Kann ich meistens nix sagen. Schon vergessen. Oder mer hat auch kein Lust dazu.
Ich meine, Lehrer möchte ich auch nich sein. Zunächst mal biste ja der natürliche Feind des Schülers. Dä Lehrer gibt die Noten, der nimmt Schüler dran oder nich. Ob dä Liebling-schüler hat? Weiß mer nich immer, aber ich bin et auf jeden Fall nich. Et gibt Lehrer, die können schon so kucken. Oder wie die den Namen von einem aussprechen! Dann weißte, jetz biste dran. Un die können die Fragen ja immer so stellen,

dat de doof da stehst. Dä Achmet hat früher dann immer geweint. Dat hab ich dem aber abgewöhnt. Wegen Lehrer weinen!
In die Schule gehste, weil de sonst nix zu tun hast, un wenn de mit der fertig bis, gehste arbeiten. Ich kenne Leute, die auch bei uns en der Gäng sin, die sin älter un schon aus der Schule, die sagen, Schule war doch schöner, ich wär gern wieder da. Dat kann ich mir nun nich vorstellen. Schule freiwillig! Nä. Dat Angenehme an der Schule sin die Schüler. Dadurch dat dat viele sin, findeste immer welche, mit denen du et kanns. Als Freunde, als Kumpel, zum Driss machen. Auch Mädchen. Man freut sich dann auf die Pausen. Un vor der Schule, un danach. Den Unterricht nimmste dann eben so mit un in Kauf. Ich meine, durch die Händys kannste dir den Vormittag in der Klasse zusätzlich angenehm gestalten, du darfs dich nur nich erwischen lassen. Aber auch da wird dä Druck immer größer. Aber mer entwickelt ja immer wieder neue Fähigkeiten, um die Lehrer auszutricksen. Dat hält auch fit un fördert ja auch geistige Fähigkeiten. Als ich dat ner Lehrerin mal sagte, hielt die mich für bekloppt.
Mathe un Sport sin gut, Englisch naja, Deutsch auch, bei Physik haben wer leider ne scheiß Lehrerin, ich glaub, dat Fach könnte eigentlich gut sein. Aber so ziehen sich die Tage un Wochen dahin, un auf einmal is schon wieder en Schuljahr vorbei. Hauptsache, dä Achmet kommt mit un darf neben mir sitzen.

Kevin im Phantasialand

Da kannste hin mit nem Bus oder mit Eisenbahn un Shuttle ab Brühl. Am besten ist mit nem Bus von Schule oder Freizeiteinrichtung, da kannste schon auf der Hinfahrt Driss machen un üben. Man kennt sich, man weiß, mit wem mer et in den nächsten Stunden zu tun hat.

Phantasialand ist schwer klasse, aber ganz schlecht ist, dat viele Leute hingehen, un dat die alle zu den Top-Sachen wollen. Deswegen gibt et lange Schlangen un Drängelgitter un Monitore, auf denen steht, wie lange de noch warten muss. Aber wenn man sich gut kennt un auf einander verlassen kann, ist dat vor allem beim Schlangestehen wichtig. Du musst im richtigen Stoßtrupp zusammen sein, damit de nich wie so en Larry oder Depp stundenlang anstehen musst. Nu kennen wir ja seit langem den ganzen Laden, alle Drängelgitter, Wartezeiten und Abkürzungen. Gut ist auch, wenn man Mädchen vorschickt un die welche vom Personal ansprechen oder wenn die Aufseher Angst vor einem haben; aber nich zu viel, sonst fliegste raus. Die richtige Menschenführung musste schon drauf haben!

Wenn dat ansteht un ich Geld dafür brauche, sagt der Opa immer: „Wat hat dat dann mit Fantasie zu tun?“, aber dann rückt der dat Geld doch raus. Weil dat letztlich viel billiger ist als Kirmes, wo einmal Autoscooter schon fünf Öcken kostet. Wat ich hier gern esse, is chinesisch. Ne ganze Ecke auf dem Täräng is hier so gemacht. Ich bin ja weltoffen. Ich hole ja auch schon mal Frühlingsrollen bei uns um die Ecke bei dem Türken, der auch Pizza un Paella hat.

Es gibt ne Casa Magnetica, da is der Boden schief. Da meinste, du wärst bekloppt. Da rollen Kugeln nach oben un Stühle hängen an der Wand. Dat is quasi Physikunterricht. Da kannste richtig wat lernen. Aber wenn ich dat dem Opa erzähle, sagt der, die machen dat nur, damit auch Lehrer mit ihren

Klassen kommen un dat irgendwie sinnvoll wirkt. In Bochum gibt's nen Freizeitpark, da is sogar en Museum; geht aber keiner rein.

In unserem Phantasialand gibt et ne Silbermine, da sitzt mer in so Wagen un fährt rum, quasi durch Mexiko mit Bergwerk un ner Revolution. Wir waren mal en Trupp, da sin zwei ausgestiegen un haben einer von den Figuren ne Pistole geklaut un sin dan wieder rein. Dat war schon toll, wie dat geklappt hat. Et gibt auch ne chinesische Geisterbahn, da sitzte zu dritt nebeneinander. Da sin wir Jungen mal während der Fahrt ausgestiegen un in die Kabine nach nebenan, wo nur Mädchen saßen. Das war auch geil. Von nem Boot is auch mal einer int Wasser gefallen, war aber nix. Es laufen auch so große Figuren rum, die kannste gut ärgern. Nur Treten find ich nich gut. Vielleicht biste ja mal selber froh, wenn de mal so nen Job kriegst.

Alle zwei Stunden müssen wir uns an nem Café bei den Lehrern zeigen, ob wer noch alle da sin un wie et aussieht. Die sitzen quasi den ganzen Tag dadrin, trinken Kaffee oder Kräutertee un quatschen. Un dat nonstop. Manchmal sehen die auch Lehrer von anderen Schulen, die auch da sitzen, welche die se kennen. Un dat geht dat Hallo! Un hin und her, un dann erzählen se sich, wat ihre neue Chefin für ne Pfeife is un dat die Schüler immer schlechter werden un fauler un frecher. Früher war et schöner, aber bald hätt mer et ja hinter sich. Phantasialand is also auch für Lehrer schön. Aber am Ende gibt et noch mal richtig Stress, wenn nich alle pünktlich da sin un der Bus wartet. Dann sagen die Lehrer: Dat war es letzte Mal, dat gibt morgen en Nachspiel un ich rufe deine Eltern an. Aber wenn dann alle im Bus sin, sin alle froh un en bißchen müd.

Unser früherer Rektor wollte nich, dass wir ins Phantasialand gingen. Dat wär Quatsch un wär sowat wie Kirmes. Aber dat hat sich dann doch durchgesetzt, weil die Schüler immer wieder damit kamen, die Eltern dat auch wollten un die Lehrer von der globalen oder sowat Chinaecke erzählten un natürlich von der Casa Magnetica. Stress gibt et schon mal mit anderen Klassen von woandersher. Brühl is ja quasi Köln un wir haben Heimspiel. Aber wenn Dortmunder oder Schalker kommen, haben die ihre Schäle um un rufen „Ziegenböcke“; dat lassen wir uns nich gefallen, un dann geht dat auch wieder. Problematisch sin Gladbacher un Leverkusener. Da gibt's direkt was aufs Maul; allein schon, weil die aus Mönchengladbach kommen oder Leverkusen. Wie gesagt, hier ist Köln. - Andere Klassen kriegen andere Probleme, zum Beispiel, wenn die an unsere Mädchen wollen. Die schreien dann, un wir müssen dann dahin, weil dat ja unsere Mädchen sin. Dat kann natürlich auch scheiße sein, wenn de wo angestanden hast un jetz dran wärst. - Stress gibt et manchmal mit alten Leuten, wat meistens alte Frauen sin, weil die Männer schon verstorben sin. Die mögen kein Vordrängeln, machen dat aber auch, quasi mit Altersbonus un Krücken. Wie gesagt, Phantasialand is schon toll, dat is geil un interessant. Un du kriegst nen Einblick in die Gesellschaft. Mer könnte nen Aufsatz drüber schreiben. - Nänä!

Kevin im Fußballverein

Mein Opa sagt immer: „Junge, du kanns nit spielen, nur kloppen!“ - Dat habe ich zuerst nich verstanden: für mich war kloppen verkloppen, also jemanden verkamesölen, also verprügeln. Un irgendwie hab ich dat nich aus dem Kopp rausgekriegt. Un auch nich aus den Beinen.
Erst der Mann, dann der Ball: Dat es natürlich Quatsch. Da fliegste ja dauernd vom Platz. Ich spiele immer den Ball, also ich will an den ran, aber dann is der dann doch schneller un is schon weg, un ich kleb an dem Mann, beziehungsweise an dem sein Bein dran. Dä Opa sagt dann nachher: Jung, versuch et doch mal mit Fußball, oder willste Beinhauer werden? Dat sagt man in Holland für Metzger, un in Holland war dä Opa früher oft mit meinem Vater, weil er en Auto hatte un mein Vater wat zum Kiffen brauchte.
Mich haben se früh in nen Verein gebracht, damit ich später nich zu Drogen gehe, un vielleicht mal en Fußballstar werde un vor allem meinen Vater unterhalte. Ich fand Fußball immer gut, aber nicht Träning. Erst Hütchen aufstellen, dann um die Hütchen ohne Ball, dann mit Ball, un wenn der wegsprang, Ball holen und wieder von vorn, dann Hütchen wegtragen. Und immer Tragen: Hütchen, Stangen, Bälle, Tore. Wer nicht mitträgt, ist faul un unkameradschaftlich. Vor dem Spiel tut mir die ganze Woche die Schulter, die Hände und die Arme weh, nur von dem blöden Tragen. Also, dat täte mir weh, wenn ich immer zum Träning gehen tät. Also zweimal die Woche. Mir reicht einmal, aber nicht dem Träner. Un der Opa gibt dem auch noch recht! Wir sind zwanzig Jungs in der Altersgruppe. Un wer wird aufgestellt? Na klar, wer immer da ist und gut tragen kann. Dat ich mich für den Spieltag schone un eben keine Schulter - un Rückenping haben will, versteht keiner. Jetzt wollen se mich rausschmeißen. Aber bis zur Weihnachtsfeier halte ich noch durch. Da gibtet ne tolle

Tombola, frei Saufen un manchmal auch gute Weiber. Die halten sich an mich dran, weil ich keinen Muskelkater un blaue Flecken vom Toretragen habe.
Ich bin ja froh, dat zu meinen Spielen nur dä Opa mitgeht. Der brüllt nich, der schüttelt nur dä Kopp. Der ist still verzweifelt. Bei den anderen kommen oft die Väter mit, die schreien un toben. Zuerst wegen dem Träner, weil dä nich ihren Sohn aufgestellt hat oder an die falsche Position. Dann schreien die ihre Söhne an, weil dat Weicheier sin, oder zu hart, oder zu verspielt, oder nich nach hinten kucken, oder vorn den freien Mann nich auf'm Flügel sehen, oder zu doof sin, dat Tor zu machen. Dann schreien die die Väter von der anderen Mannschaft an und wollen denen an die Gurgel. Dann schreien die den Schiri an und den Linienrichter. Und dann die Väter der eigenen Mannschaft, weil die sagen, ihr Sohn würde Scheiße spielen. - Wie gesagt, da bin ich mit dem Opa noch froh. Dä sagt höchstens: Jung, wat hälste von Handball?
Un seitdem ich rauche, packe ich dat auch gesundheitlich nich. Zigaretten un Fußball: Dat macht mich kaputt. Ich muss ja auch mal an später denken, un an et Alter.
Auf dem Schulhof oder auf Klassenfahrt zeig ich schon mal wat, wat ich so am Ball kann, aber nur wenn Mädchen dabei sin. Die haben keine Ahnung und sin dann ganz begeistert. - Also: Wenn ich gewollt hätt, wäre ich einer geworden. Mer kann ja auch auf der Reservebank reich werden.

Kevin im Praktikum

Praktikum muss man in der Schule machen, so zwei-, dreimal, je nach Schule oder Sitzenbleiben. Dat ist gut, weil dann keine Schule ist. Dat is sinnvoll, weil es was mit Beruf zu tun hat. Dat is Scheiße, weil es ganztägig is un wat mit Arbeit zu tun hat. Praktikum ist arbeiten gehen, damit man das Berufsleben kennen lernt und wie lange so ein Arbeitstag ist. Un dä is schwer lang. Auf jeden Fall länger als Schule. Und nicht so locker, und mit anderen Typen un Leuten. Un Scheiße kannste auch nich bauen. Und so ein Meister oder Vorarbeiter oder Chef überhaupt, die sin nicht so lahm wie Lehrer, die immer sagen „Noch einmal, dann aber“ oder „Findste das gut?“ oder „Versetz dich doch mal in den anderen“. Die von den Betrieben, die rufen direkt in der Schule an oder schmeißen einen zackzack raus. Da können dann auch die Eltern nix machen. Von einem von uns is dann mal der Vater gekommen un wollte dem Chef Stress machen. Der is noch nich mal richtig an der Pforte durchgekommen, da hatte der schon Hausverbot. Da konnte der nur noch ganz still seinen Sohn an den Ohren ziehen un mit dem nach Hause fahren. Wie gesagt, en anderer Wind. Also das gibt dann nur dicken Ärger. Un in der Schule musste dann zur Strafe jeden Tag den Schulhof sauber machen. Nur wenn de eigentlich en guter Typ bis, nehmen dich manche Lehrer mit zu den Kleinen, da passte dann drauf auf. Die Jüngeren hören ja manchmal mehr auf ältere Schüler als auf Lehrer.

Ich vergesse immer, dat die Mehrzahl nich Praktikums heißt, sondern Praktika. Aber wenn ich dat richtig sage, wird schon gestaunt. Dat tut einem auch gut.

Man muss auch ne Mappe führen. Da schreibst rein, wat de gemacht hast, wat der Betrieb so macht, wie dat alles organisiert is. Un weil mer meistens null Ahnung hat, muss man immer fragen. Aber die sin meistens nett un erzählen einem dat.

Manche Meister oder Bosse setzen sich auch schon mal mit einem hin un helfen beim Formulieren un Schreiben. Aber dat is schon anstrengend, abends, nach dem ganzen Tag. Un sauber un ordentlich soll et ja auch sein. Un et gibt ja auch mehrfach Noten: In Deutsch, in Wirtschaftslehre, un unten drunter im Zeugnis.

Wat die Betriebe nich mögen, is, wenn man zu zweit oder zu dritt in den gleichen Laden will. Die sagen dann: Dat taugt nix. Die stehen dann nur rum. - Bei Mädchen muss dat besonders schlimm sein, so in nem Klamottengeschäft. Die stellen sich dann hinter so Kleiderständer un quatschen. Un wenn se gesehen werden, sin se angeblich am Sachen falten. Un wenn en Kunde auf se zukommt, verpissen se sich.

Es gibt aber auch Scheißläden. Zum Beispiel bei Mädchen Drogerie oder Kosmetik. Da werden die Praktikanten nur gebraucht, um wie Detektive zwischen den Regalen rumzugehen und aufzupassen, dat nix geklaut wird. Peinlich is nur, wenn dat Mitschülerinnen aus der Schule sin oder welche, die mer kennt. Bei Jungens is dat oft bei Supermärkten. Da muss mer vor allem un ständig die Getränkeregale auffüllen. Dat is schwer, un vor allem im Sommer nonstop. Un die Angestellten da, die haben dafür keine Lust un treiben einen an. Un wenn mer muckt, sagen die: Du fliegst raus. Oder: Du kriegst ne schlechte Beurteilung.

Am Ende von so nem Praktikum kriegt mer also so ne Beurteilung, so wat wie en Zeugnis. Manche Bosse machen dat gründlich un mögen einen. Manchmal gibt et auch wat Geld. Ich bekam mal 50 Öcken. Ordentlich, ne?

Kevin in der Straßenbahn

KVB, also so heißt bei uns die Straßenbahn, aber auch dä Bus, in denen tut jeder mal schwarz fahren. Wenn Erwachsene dabei erwischt werden, kucken die janz unschuldig. Die einen sagen: Ich hab ne Karte, muss ich die drücken? So heißt bei uns dat Entwerten. Oder andere: Ich bin von woanders, da brauch mer dat nich. Oder: Ich bin 60, da bin ich frei. All sowat. Einmal wollt en Opa abhauen. Da haben die Kontros nur den Stock festgehalten. - Aber wir Schüler können nich schwarz fahren, selbst wenn wir wollten, weil uns die Stadt nen Ausweis mit Freifahrt quasi aufzwingt. Wir müssen den nur dabei haben und die richtige Marke drauf. Denn wenn die Kontros kommen und wir haben das eine oder andere nich, dann werden die pampig un labern von Bußgeld. Und dann werden wir pampig. Und dann must du kucken, wie dat zahlenmäßig ist: Sind mehr Kontros da als wie Schüler, siehste schlecht aus. Genauso, wie wenn sonst noch viele Gymmis in der Bahn sind, also die erkennste ja direkt, die Ottos vom Gymnasium: die fangen an zu diskutieren, mit den Kontros „Seien se doch nicht so", un mit uns „Wie könnt ihr nur so doof sein!". Alles unerfreulich. Weglaufen geht nich, die blockieren die Türen und vorher schon den Gang. Und die Kontros sind auch nich mehr so alte, jetzt sind das so junge, sehen aus, als wenn die früher auch nur schwarz gefahren wären. - Tja, un falsche Adresse angeben, von einem, den de nich leiden kannst, oder irgendwas aus Fantasie: geht auch nich, die überprüfen das mit Händy. Besser is, Namen sagen un nich zahlen. Dann kommen Mahnungen, die gibste ans Sozi, denn geht das hin und her, un dann kommen neue, un dann sachste, da hat einer meinen Namen angegeben, un dann zieht sich dat. Oder die Adresse is die von meiner Mutter un ich wohne schon längst bei meinem Vater. Die Mutter schreibt dann ans Amt oder die KVB, das is nicht mehr mein Sohn, dat is jetzt der von seinem Vatter, aber von dem die Adresse weiß ich nich, dä wohnt jetzt bei seiner neuen Alten. Oder noch besser: der ist im Knast. Ach so: Sitzplätze. Kaum sitze ich, kommt einer, oder noch besser: eine, und meckert direkt los: Siehste nich, dat ich alt, gehbehindert, blind, ne Frau, mit viel Gepäck bin? Noch geiler is, wenn de die Füße auf dem Nebensitz hast, oder den Ranzen: Du hast doch nur für einen Platz bezahlt, du machst alles dreckig, würds du dich dahin setzen, wo deine dreckigen Schuhe waren; und so weiter. Da muss mer dann kucken, wer dat sagt, ob der wat zu sagen hat, ob der nett is, ob der dat nett sagt, oder ob dat en Arschloch ist. Ja, un wie ich drauf bin. Und wer sich alles einmischt. Aber spannend is dat schon.

Gern fahr ich Fahrrad. Da kannste in Köln machen, wat de wills. Es gibt zwar Regeln, glaub ich, da hält sich aber keiner dran. Auch nich die Erwachsenen. Am frechsten sind die Studenten; die schreien direkt und zeigen den Stinkefinger. Und wenn et regnet oder der Weg zu weit ist, gehen die mit dem Fahrrad in die Bahn und drücken un drängeln alles weg. Dat kann ich dann auch nich ab un schimpfe mit den anderen Leuten. Dat interessiert die aber nich, die holen dann den „Spiegel" raus un lesen ihren Kram.

Also, wie gesagt, KVB ist schon doll. Un nach FC-Spielen krijen mer die Bahn schön ant Wippen. Aber dat is en anderes Kapitel.

Kevin im Krankenhaus

Dat Wichtigste, wenn de in et Krankenhaus kommst, is et AOK-Kätche. Dat is so ne kleine Karte, da steht alles drauf, die bezahlt quasi alles, un ohne die läuft garnix. Ohne die kommste da garnich rein. Ich war mal als Blinddarm drin, als Kind, schon lange her. Ich hab aber noch ne Narbe davon, rechts unten auf dem Bauch. Von dem Krankenhaus damals hab ich nur noch in Erinnerung, dat ich der Putzfrau gesagt habe, wo noch zu putzen is. Ich konnte dat ja von dem Bett gut sehen. Die Oma war mal im Severinsklösterchen. Dat is dat wichtigste Krankenhaus in Köln, sagt der Opa. Oder dat berühmteste. Dat wichtigste is glaubich die Uni-Klinik, weil da nur Professoren sin. Da kann überhaupt nix schiefgehen, besser gibt et nix, nur noch Amerika. Sagt mein Vater. Der kennt aber vor allem die Krankenstation ausem Knast. So kommt der nie nach Amerika.

Dat sin die edelsten Kölschen, die im Klösterchen geboren sin. Dat liegt im Severinsviertel, dat is dat kölscheste, weil da auch dä Rosenmontagszug losgeht. In dem Kloster sin oder waren Nonnen. Die gelten als beste Pfleger, weil die das auch noch für Gott tun, nicht nur für Schotter.

Als die Oma da rein kam, musste der Opa deren AOK-Kärtchen an der Theke im Eingang abgeben; dat is wie in nem Hotel, dat is die Anmeldung, die wissen die Zimmer un wat so los is. En Büdchen is direkt daneben. Auch kein Fehler. Zum Rauchen trifft sich alles vor der Tür. Un die, die wegen Raucherbein en Bein ab haben, die sitzen im Rollstuhl un rauchen auch. Die sagen: Jetz is et eh egal! Un bei so Rauchern is die Stimmung sowieso am besten. Ich tu es aber nich. Als die Oma in et Krankenhaus kam, hat die die schönsten Nachthemden mitgenommen, so mit Spitze un so. Die sagt: Wie du kommst gegangen, so wirste auch empfangen. Wer schlampig rum läuft, wird auch so behandelt. Ich glaub, dat stimmt.

Die is auch zu den Pflegern un Schwestern immer richtig nett, un die sin dat dann auch. Un die behält die Namen von denen un sagt die dann auch. Die Oma is ja AOK. Die lag mal en Tag mit ner Frau in nem Zimmer, die war privat. Da kam die Visite mit Professor, Oberarzt, noch en Arzt un en paar ganz Junge, ich denk mal, so Studenten. Da redete nur der Boss un die anderen waren ganz ängstlich un schrieben nur auf. Un der sprach nur mit der Privaten. Zur Oma sagte der nur: Zu ihnen kommt gleich der Oberarzt. Un raus. - Un nach ner Stunde kam der Trupp zur Oma, nur eben ohne Professor. Jetz waren die auf einmal ganz locker, die lachten un quatschten mit der Oma über Gott un die Welt. Aber natürlich nich über ihren Boss. Krankenhaus is schon toll: Du siehst immer Leute, die noch schlimmer dran sin. Dat baut dann auf. Un die Leute sin ja sortiert, ich sag mal: nach Schadensklassen. Ich geh immer gern in die anderen Abteilungen, wat et da so alles gibt. Interessant is auch, wenn die aus verschiedenen Ländern kommen. Bei den Deutschen sin mal so ein, zwei Besucher da, bei anderen kommt die ganze Familie, un die bringen ihre Sachen zum Essen mit. Nix vom Schwein, un halal; dat hat mir der Achmet erklärt. Dat Klösterchen liegt ja mitten im Viertel. Wenn et einem langweilig is, man aber noch nich richtig weggehen kann, sagt mer, ich muss noch wat besorgen. Un dann geht mer mal auf die Vringsstroß, un die rauf un runter. Mal nich nur Kranke, sondern normal Verdötschte. Eben Kölner. Ich geh gern ins Krankenhaus, aber nich krank.

Kevin und die Geschichte

Geschichte is dat von früher: das Land un man selbst, un vor allem natürlich Köln. Köln is geschichtlich römisch, dann der Dom geschichtlich gotisch, also mit Spitzen, dann der FC, der ist geschichtlich auch spitze, un ich bin geschichtlich von meinen Eltern. Während der Achmet geschichtlich aus der Türkei ist, also die Eltern von dem. Der Achmet selbst is ja FC-Fan, un noch en bisschen Fenerbace Istanbul. Jeder hat seine Geschichte un seinen Stammbaum, wie auch der Hund, den wir mal hatten. Der hatte aber gar keinen, der war einfach so Hund, so ne Promenadenmischung mit unklarer Geschichte. Ich kenne meinen Vater un meine Mutter, von meiner Mutter die Eltern, Oma un Opa, un bei meinem Vater hört et schon auf. Da is alles unklar, der kommt ausem Heim. Wir Kölner haben eine klare Geschichte. Römer un Ubier. Nun is dat ja schon sehr lange her, un da is ja im Lauf der Geschichte schon viel dazwischen gekommen. Un ob der Vater auch immer dä Vater war, wer weiß dat? Dat kann quasi ein Fehltritt die ganze Reihe kaputt machen. Oder man hält den Mund. Oder dat is alles gar nicht so wichtig. In Köln un durch dat Rheinland sind schon viele Völker durchgezogen un haben sich hier wahrscheinlich vermehrt. Allein die Flüchtlinge nach dem Krieg! Die Oma sagte früher: Hür mer mit dä Pimocke us der kalten Heimat op! Dat is auch Geschichte, die aber vorbei is.
Geschichte is en Fach in der Schule. Steinzeit, Ägypter, Griechen: Dat ging damals im Schweinsgalopp. Dann die Römer: Da lässt man sich Zeit, wegen Köln, klar. Un so ab Mittelalter wird dat immer langsamer. Un mehr in die Breite, also Europa un dann die Welt. Die Länder un Namen kannste gar nicht behalten. Aber wie die Menschen lebten un die auf einmal merkten: Freiheit! Dat wär wat. Aber immer wieder Rückschläge, so Kriege zum Beispiel. Da haben wir dann, also wir

als Deutsche, also als die von damals, nich immer ne gute Rolle gespielt. Also mer kann schon sagen: meistens nich. Das war nicht schön, un dat is auch jetzt noch nicht schön. Weil dä Achmet nen deutschen Pass hat, weiß dä jetz nich, ob dat auch seine Geschichte is. Nä, hab ich gesagt, lass mal. Du bis ja jetz erst in die Geschichte eingetreten. Aber ab jetzt haben wir zwei die gleiche Geschichte. Ich meine, da hat dä Achmet Glück, so hat dä mit dem Hitler nix zu tun, den wir Deutschen, also die Deutschen, die schon vor dem Achmet deutsch waren, an de Füße haben. Die Geschichte haste ja am Hals. Dat merkste ja schon im Urlaub im Ausland. Da kannste hundertmal sagen, wann de geboren bis, dat kriegste schon unter die Nase gerieben. Nun haben wir ja auch gute Seiten, auch geschichtlich. Zum Beispiel in der Geschichte des Fußballs. Als Weltmeister. Aber dat sehen manche dann auch schon wieder nicht gern. Auch dä Achmet.

Man sieht: Geschichte, dat is schon kompliziert. Da kommt mer schnell rein un ganz schlecht wieder raus. Eigentlich gar nicht.

Nun sind wir ja jetzt demokratisch. Un auch die aus der DDR. Wir stehen jetzt quasi sauber da. Man sagt, wir Deutsche haben aus der Geschichte gelernt. Un ich hab auch meistens ne Zwei darin.

Geschichte geht ja bis heute. Un dann geht die neue Geschichte los. Un später kuckt mer auf die zurück. Un dä Achmet un ich, wir machen die Geschichte jetzt.

Kevin im Theater

Theater hatten wir mal in der Schule, das war auf Englisch. Das war ganz lustig, ich hab auch was verstanden. Das waren zwei Schauspieler, die spielten verschiedene Rollen, und die spielten auch mit uns, das heißt, wir mussten mit denen mitspielen. Das fand ich cool. Ich dachte, wirste auch Schauspieler, das ist schon toll. Aber dann die ganzen Sachen auswendig lernen, nä, da kann ich auch Fußballer werden, aber da will ich ja auch nich hin wegen dem dauernden Trainieren. In der Grundschule war mal en Zauberer. Ich hab nich rausgekriegt, wie der das macht. Schon toll.
Tja, un dann waren wir mal in nem richtigen Theater mit nem Stück für Kinder. Aber kein Märchenspiel, sondern eins über Probleme. So in der Familie: Eltern, Geschwister, Gewalt, Rauchen, dat Normale also. So, wie wenn RTL oder SAT1 bei uns drehen würden. Das machen die ja auch, also nich bei uns, aber bei anderen, wo dat auch so is. Meine Mutter kuckt dat immer, meine Oma auch, un dann sagen die immer: Wie schrecklich! Un Wie asi! Aber irgendwie is dat schon ähnlich wie bei uns. Vor allem mein Vater kommt immer wieder vor. - Also: Dat muss ich nich noch als Theater sehen, für fünf Euro auch noch. Un richtig zuhören kannste mit Schulklassen nich, da is dauernd Krach, Stuppsen un Mädchen ärgern. Dann gehen dauernd welche zu den Automaten un holen wat zu trinken oder zu knabbern. Manche laufen auf den Lokus, un die Großen gehen mal rauchen. Un die Lehrer drehen durch un schreien: Das war das letzte Mal! Aber mit Kino is dat genauso. Un wenn einer aufsteht, siehste den auf der Leinwand. Da kann man dann winken, da geht dann schon die Post ab. Aber Theater is schon live, un einmal haben die Schauspieler wegen dem Krach abgebrochen, un ne Schauspielerin hat geweint. Dat hat die aber richtig toll gemacht. Wenn man dann raus is, sieht dä Saal aus wie, na ja. - Weil ich mal ne gute

Phase hatte, durfte ich in ne Arbeitsgemeinschaft „Kultur", da waren wir nochmal in nem Theater, in dem großen Schauspielhaus, in nem Stück für Erwachsene. Dat war schon interessant, da mussteste richtig aufpassen. Aber das konnte man da auch, weil wir nur sechs Schüler un die Lehrerin waren, un als einer wat sagte, zischten die Leute drumrum. Un in der Pause gabs ne Cola von der Lehrerin. Meine Mutter hatte mir en Butterbrot mitgegeben. Die sagte noch, wer weiß ob da en Büdchen is, un so Theater kann sich ziehen.
Un in der Kultur-AG war ich auch mal in ner Oper. Ich kannte nur Musical, dat is ähnlich, aber lustiger un irgendwie schneller. Aber die Oper war schon ok; die hieß „Zauberflöte" un war von Mozart. Das war auch lustig, zwischendurch, aber auch ernst un feierlich wie Kirche. Aber doch auch en bißchen lang. Ich denk mal, dat muss mer auch mal mitgemacht haben. Der Opa war ganz begeistert, dat ich sowas mal mitmache, un die Oma konnte sogar en Lied daraus singen. Meine Mutter wusste gar nix von sowat. Aber an was zu essen hat se auch diesmal gedacht.
Et is ja schon interessant, dat et Leute gibt, die in so Opern oder Theater dauernd hingehen. Ich glaub, da kann man sich schon dran gewöhnen. Das hab ich in der Kultur-AG schon gelernt, dat man an sowas Spaß haben kann. Da kommt man schon auf andere Gedanken. Un blöd is unsereins ja auch nich. Aber man darf da nich als Haufen hingehen, da wird nur Driss gemacht. - Ach ja, dann hab ich mal mit der Offenen Tür en Stück über Drogen gesehen. War auch gut. Nur ohne Musik.

Kevin im Schnee

Schnee ist klasse, kann aber auch auf die Eier gehen. Schnee is, was früher immer war, un besser, un schöner, un weißer, un länger. Un wenn jetz doch Schnee is, dann is der überhaupt nich zu vergleichen. Da lohnt sich gar nicht, dä Schlitten ausem Keller zu holen, falls überhaupt noch einer da ist. - Sagt mein Opa, sagt die Oma, wenn die dat noch mitkriegt.
Ok, irgendwie is Schnee schon schön, so mal en paar Tage. Da machste Schneebälle auf dem Schulhof, un dann wird dat direkt verboten. Der Rektor trötet dat durch die Lautsprecheranlage, die Lehrer sagen einem dat im Unterricht, und die Aufsicht läuft hinter einem her. Wenn das en guter Lehrer is, sagt der: Schmeiß hin! Un dat war et dann. Wenn das en harter is, schleift der einen in die Verwaltung. Da stehen dann schon andere Schüler Schlange un müssen zur Schulleitung. Die erzählt wat von „Die sin härter als ihr denkt" un „Da können Steinchen drin sein" un „Ich kenne einen Fall, da hat ein Schüler durch einen Schneeball ein Auge verloren". Jaja, wann war dat un wo? Wenn in Köln, dann wüsste ich dat aber, un der Opa hätte dat auch schon brühwarm erzählt. So Schulleiter, die erzählen auch gern einen, un dann kannste nen Aufsatz schreiben, wie schlimm das alles sein kann. Ich hab letztes Jahr geschrieben, dat man mit einem Auge auch noch gut sehen kann. Dat gab dann auch wieder Ärger. Nun, ist ja gut. Aber et sin immer dieselben Lehrer, die Terz machen.
Mit Schnee Mädchen waschen macht auch Spaß. Die finden dat zuerst immer lustig, aber wenn die Klamotten nass werden, schreien die un laufen zur Aufsicht. Die Mädchen, die nich gewaschen werden, weil die selber aggressiv sin, oder weil die sich mit den Jungs gut können, die finden dat Ganze klasse un zeigen uns Jungs noch andere Mädchen zum Waschen, oder schleifen die sogar noch ran.
Schnee gibt es praktisch un theoretisch. Praktisch is wie

erzählt, un theoretisch is im Fernsehen. Dat geht im Winter stundenlang, wie Biathlon. Gerade weil wir Deutschen da gut sin, läuft dat unendlich. Die laufen Ski un ballern; mal liegen se un mal stehen se. Vom Laufen sin die aus der Puste, wackeln un schießen daneben. Zur Strafe müsse se dann noch mehr laufen. Wenn se treffen, klappen so runde Dinger wie Tischtennisschläger um, un die Leute kriegen sich nich mehr ein. Und wenn die am Ziel ankommen, nehmen die Deutschen ne deutsche Fahne, weil se Deutsche sind. Un die anderen nehmen ihre. Es müssen nur genug Fahnen da sein. Es gibt auch Rodeln un Bobfahren. Die rasen durch ne Eisbahn, un die Unterschiede sin wie beim Skifahren, also die Berge runter, nur so Hundertstel. Dat kannste nich sehen, nur messen. - Dat nennen wir mal alles Schnee-theoretisch, genau wie Skispringen; da die Ösis nich Fußballspielen können, können die dat.

Ach ja, Schnee-praktisch sin auch in Köln die Hubbel in so Parks, wo in Köln die Trümmer vom Krieg drunter sind, wie der Opa sagt. Da fahren Kinder Schlitten un sich in die Hacken, weil da soviele sin. Die Eltern schimpfen dann, die Kinder weinen un haben die Handschuhe hart vom Schnee. Die wollen nur noch nach Hause un endlich in et Warme.

Un auch die Lehrer sin auf jeden Fall froh, wenn der Schnee weg is un die sich wieder um ihr Alltagsgeschäft kümmern können, zum Beispiel Rauchen.

Kevin feiert Weihnachten

Also, unser Weihnachtsbaum is en echter Weihnachtsbaum, nur eben aus Plastik. Wenn mein Opa sich ne Zigarette anmacht, sagt mein Mutter: „Pass op dä Baum op, söns brennt dä.“ - „Nä“, sagt dä Opa, „dä brennt nit. Dä schmilz.“
Dä Baum es wie en Regenschirm: dä wird aufgeklapp un dann jeschmück. Un am Morgen von Silvester wird dä wieder zusammenjeklapp un kommt in nen Karton. Un dä, dä kommt dann hinter die Karnevalskiss, weil die ja als nächstes dran es.
Dä Baum hatte eijentlich auch so ne Düse, da kamen oben so Steropurküjelchen raus, dat sah dann aus wie Schnee. Aber weil mir ja unsere zwei Wellensittische mal immer widder so rumfliejen lassen, taten die die durch die janze Bude transportieren und machten so Sauereien aufem Sofa un am Vorhang un aufem Kuchen. Da sagte dä Opa: „Ich montier dä Driss wieder ab.“ Seitdem hammer keine Schnee mehr un aus Rache hammer die Vöjel verschenk, also die, die da noch lebten. Manchmal denke ich, dä Opa hat et Schoss eraus. Letztes Jahr Weihnachten waren wer wieder klamm, un wat an Geld en dä alten Zuckerdos em Küchenschrank war, hatte de Mama en Zigarettenstangen umjesetzt. Die bekam die jünstig von einem vom Zoll in Wahn. Dä Opa sagte dann immer: „Die hätt met däm nen Finsternöll.“ Dat kriegte dä Pappa aber nit mit, weil dä mal wieder im Klingelpütz in Ossendorf in Kur war. Wie gesagt: Dä Opa. Da sagte dä Opa: „Mer müssen sparen, aber ohne Bedauern! Marzipan om süßen Teller muss sein, aber juter Marzipan es teuer.“ Also: Marzipan selber machen. Mit feinem Kartoffelbrei un Mandelaroma von Ostmann. - „Wat?“, schreit de Mamm, „dat gab et doch nur narem Kriech!“ - Da war de Omma auf einmal hellwach: „Dat es lecker! Un dä Brei muss janz fein sein.“ - De Mamm wieder: „Mich pack der Schudder. Ihr habt ja auch aus Gerste Kaffee

jemacht!" - Ich hab dann dem Opa erklärt, dat der Kriech vorbei es. - Un Weihnachtsjebäck hatten mer noch en ner Blechbüx, wo mal Nürnberger Lebkuchen drin war, dä hatten wer vor Jahr un Tach mal bei Neckermann bestellt, lang bevor dä von Otto aufjekauf worden war. Un die Plätzgen hatte mer em Januar zum halben Preis jekauf. Un dat Datum tat de Mamm sowieso immer abschneiden. Wat keine Schimmel hat un noch schmeck, es noch jut.
Su richtije Geschenke gibt es bei uns nit. Sagen mer mal so: Wat sowieso gekauf wird, heiß zu Weihnachten Jeschenke. Nur dat dat jetz verpackt wird un dann wieder ausjepackt. Jeschenkpapier wird bei uns verwahrt un nit zerknüddelt un dann ab dafür. Tesafilm wird unter nem Lappen abjebügelt un dann dat Papier. Un wenn dä Papa, falls dä mal nen Weihnachten da es, die Krawatt, die dä letztes Jahr bekommen hat, nit getragen hat, krischt dä die dies Jahr widder. Un dann freut dä sich auch wieder. Wat soll dä sons auch machen, wo alle auf dä kucken. Un em Knast brauchste sowieso kein Krawatt.

En die Kirch jeht bei uns keiner auf Weihnachten. Die Mam sagt, ich bin kaputt vom Kochen. Dä Opa sagt, ich han ald de Schohn us, die Omma es dauerkrank un liegt em Bett, un ich, ich weiß jarnit, wat da abjeht. Wir waren mal mit der Schule an so ner Krippe mit Jesus, Maria und dem Vater von Jesus; den Namen hab ich vergessen. Un Tiere waren da, en Esel, Schafe, ne Kuh un so Engel.
Vor ein paar Jahren bin ich ja zur Kommilion gegangen, mit allem drum un dran. Wir sind ja katholisch un Christen. Geschenke war ordentlich. MP 3-Player un so. Gefeiert haben wir auf ner Bowling-Bahn. Mein Vater hatte Freigang, un da hat der en Fäßchen Kölsch springen lassen. Dä war auch nicht besoffen, weil der sich zurückgehalten hat. Der Knast hatte

den entwöhnt. Die wollten mich dann als Messdiener haben. Aber dann sagten die, dat wäre drei-, viermal em Monat. Nä, hab ich gesagt, da kann ich ja auch zum Fußball gehen. Aber da gehe ich ja auch nich hin, weil da dauernd Träning es. Wat zovill es, es zovill. Mein Freund Achmet, dä es ja Islam, dä geht auch nich jeden Freitag en die Moschee. Dä sagt: Dä Allah liebt mich trotzdem. Dem hab ich mich angeschlossen. Diese Götter sin ja nicht mehr wie früher, dat die direck Terror machen, wenn man nich dauernd da kommt.
Also Weihnachten. - Die Kirche un ich, wir haben uns auseinander gelebt. Vielleicht wird dat wieder wat, wenn ich mal heiraten tu.
Soweit Weihnachten. - Die Plätzchen käuen wir. Bis se alle sin. Un wenn die langsam hart werden, kriegt die de Oma, die zoppt die dann em Kaffee. - Un Weihnachten es ja quasi dat Vorspiel für Silvester. Da geh ich mim Achmet un noch en paar vielleich auf die Düxer Bröck un dann schießen mer Raketen durch die Gegend. Also: Frohe Weihnachten, Prost Neujahr. Bis Karneval dann.

Kevin und Silvester

Silvester is einfach geil. Es gibt Silvester allgemein, zu Hause un draußen. Draußen is am besten. Silvester allgemein heißt, dat dat is, also stattfindet, weil et so im Kalender steht. So eine Woche nach Weihnachten. Dann is dat Jahr zu Ende. Am nächsten Tag beginnt dat neue Jahr, deswegen heißt der Tag auch Neujahr. Logisch. Da die Erde sich aber dreht, wird in verschiedenen Teilen zu anderen Zeiten Silvester gefeiert. Das nennt man Zeitzonen. Un so kannste im Fernsehen sehen, wie nachenander Silvester gefeiert wird. Irgendwie denkt jeder, er wär derjenige welche. Aber schon ne Stunde später sin die nächsten dran. Prost Neujahr!

Zuhause war früher schön, als ich noch klein war. Da war ich schon froh, dat ich dabei sein durfte. Aber weil ich, wenn mein Vater da war, ja ne zeitlang auf dem Sofa im Wohnzimmer schlafen musste, war ich ja sowieso dabei. Die Oma sagte vom Bett aus, wie die Bowle gemacht werden musste. Meine Mutter is immer schnell besoffen, die singt dann auch. Un wenn mein Vater da is, weint die auch schon mal und sagt: Wat bis du für en Arschloch! Dä Opa sagt dann: Dat wissen wir doch schon lange. Jetz beruhig dich mal wieder. - Ich finde dat unangenehm, auch en Grund, dat ich später, als ich dat durfte, auch immer runtergegangen bin zu den anderen.

Viele machen was auf dem Balkon, wenn se einen haben. Also mit Raketen. Die rufen sich dann zu: Prosit Neujahr. Aber die von nebenan, mit denen wir Krach haben, die schmeißen Böller zu uns rüber. Dat können wir aber auch. Wenn wir mehr Sachen haben, bleiben wir auf dem Balkon, wenn nich, gehen wir rein un verrammeln alles. Manche sind dann schon so hacke, dat die anderen auf die aufpassen müssen, dat die nich runter fallen.

Un dann geht man runter un raus un zündet Raketen auf der Straße oder vor der Haustür. Un dat war et dann, man geht

wieder hoch oder rein. Draußen gibt es, sagen wir mal, offiziell draußen, zum Beispiel auf der Deutzer Brücke. Un dann draußen, zum Beispiel im S-Bahn-Tunnel. Deutzer Brücke war ich mal. Da musste ja erst hin, mit der Bahn. Alles brechend voll mit viel Stimmung. Aber viele sin auch besoffen un ballern in die Leute. Das gibt dann wieder Stress. Aber der Dom leuchtet, un dat sieht schon alles toll aus. So das Panorama. Aber du musst ja auch wieder nach Hause. Deswegen war ich da nur einmal. Un mit der Bahn war dat ne Quälerei, weil die brechend voll war, wie die Leute. Un dazwischen Kinder, so wie ich.
Geil is draußen im S-Bahn-Tunnel. Da haben mich Ältere mitgenommen. Da wird viel Driss gemacht, aber geil, wie gesagt, is dat schon. Un nur Jugendliche, un keiner der sagt, lasst mal die Kacke sein. Dafür is mer ja gerade da. Letztes Jahr kam dann auch die Polizei, weil irgendwat brannte un einer beinahe vor die S-Bahn gefallen war. Das is schlecht. Auf jeden Fall bin ich gut nach Hause gekommen, un dä Achmet auch. Der durfte eigentlich nich mit. Dä is aber einfach abgehauen. Dat war dem dä Ärger schon wert.
Zuhause haben die immer Angst, dat die Klamotten brennen, oder wat an den Händen passiert oder den Augen. Da pass ich schon auf. Ich will ja auch nächstes Jahr Silvester erleben. Am besten wieder draußen.

Kevin will ein Tattoo

Ich will eigentlich en Tattoo. Klar. Jetz geht dat los: Tattoo is eigentlich primitiv, kommt aus der Südsee, haben eigentlich nur Knackis, und krisste nich mehr weg. Un gibt et erst ab 18 oder so, auf jeden Fall nich jetz. Un dat is et ja dann erst mal. Dä Achmet sagt mir auch: Lass dat mit dem Tattoo. Ich glaube, die dürfen das nich, die Muslime. Aber ich bin ja ich. Aber ich bin auch nicht alt genug.

Jetz kommt nur Piercing in Frage. Dat kostet zwar Geld. Aber meine Mutter hat auch zwei; eins am Bauchnabel, un en Madonna-Piercing. Da hab ich dann schon gute Karten, dat ich dat kriege. Mein Vater hat auch Piercings, an den Ohren un an den Brustwarzen. Dä hat auch Tattoos, aber schlecht gestochene, ausem Knast, die arme Socke. Dä hat sowieso kein Geld, mir dat zu finanzieren. Opa geht nich, dä will nich. Dä findet dat alles asi. Bleibt meine Mutter. Dat muss die sich dann von den Zigaretten absparen. Deswegen sag ich der immer, wie ungesund dat Rauchen is. In der Klasse haben viele Piercings. Die wünschen sich dat zum Geburtstag oder zu Weihnachten. Un wenn die jeden Tag quengeln kriegen die dat auch. Un viele Eltern, vor allem die Frauen, haben dat ja auch. Dat is so in den letzten Jahren gekommen. Wat früher gar nich war, jetz aber schon oft, is Zungenpiercing. Zuerst haben se gesagt, dat sieht bei den Mädchen nuttig aus. Aber jetzt haben dat schon viele, un so viele Nutten un Schlampen gibt et ja nich.

Zuerst haben die Lehrer gesagt, dat is in der Schule verboten. Un: Damit kann man kein Englisch sprechen. Dat hat sich aber als Blödsinn herausgestellt, als auch die, die dat gut sprechen konnten, Zungenpiercings hatten. Da haben die Lehrer dat aufgegeben. Et gibt ja auch Lehrer mit Piercings un Tattoos. Dat fing mit kleinen Blümchen am Fußgelenk an, dann kamen auch Arschgeweihe, un jetz quasi überall. Es

gibt auch Piercings an der Augenbraue, un manchmal eitern die. Auch am Bauchnabel. Das erzählen die Mädchen schon mal. Dann lassen die dat ne Zeitlang weg. Un dann is et wieder da. Jungens finden dat bei Mädchen geil. Während Männer mehr Tattoos haben. Die sehen dann aus wie Bilderbögen. Un immer weiter un mehr. Manche haben ja fast den ganzen Körper voll. Teilweise ganze Geschichten. Oder die ganze Familie.
Es gibt Lehrer, die sagen, lasst das später mit den Tattoos sein, da kann man manche Berufe nicht bekommen. Dann sagen die: Zum Beispiel Kellner, wenn die im Sommer kurze Ärmel haben. - Tja, sag ich mal, damit musste leben, wenn dat überhaupt stimmt. Wie gesagt, et gibt ja auch Lehrer mit sowat, obwohl mer früher immer gesagt hat, Lehrer sin Vorbilder.
Ich überleg mir en Piercing am Ohr. Mer hat mal gesagt, en Sticker am linken Ohr heißt „schwul". Dann haben andere gesagt, nä am rechten Ohr. Un jetzt is et egal, weil ja auch schwul egal is. Also bei vielen.
Nun ändert sich ja viel. Zum Beispiel Arschgeweihe sin out, un viele lassen sich die wieder weg machen. Dat kostet dann auch wieder Geld, un irgendwat bleibt dann doch. Da is en Piercing schon bequemer. Un wenn die dat im Job nich wollen, machste et eben ab un abends oder am Wochenende wieder dran.
Also: Richtig weiß ich noch nich. Dä Achmet liegt mir in den Ohren, un die anderen sagen wat anderes. Un die Gäng, dat is eben die Gäng. - Ich muss mal sehen.

Kevin und die Religion

Religion, also dat is Vaterunser un Ramadan. Un Religion ist en Schulfach. Damit fängt das Zeugnis an, oben links. Die Oma, als die noch lesen konnte un im Kopf noch richtig war, wenn ich der dat Zeugnis zeigte, für Geld, als Belohnung für Zweien und Einsen, die ich aber nie hatte, außer mal in Religion, da sagte die: „Religion gilt nicht. Da musste nur da sein un et Maul halten."

Dat stimmt aber so nicht. Dat is dat Fach, wo alle, also sagen wer mal, fast alle, wat sagen, weil, wie der Lehrer sagt, et hier kein Richtig un Falsch gibt, außer bei der Bedeutung von INRI un wie der Papst heißt. Wir reden über Gott un die Welt, warum man keinem eins aufs Maul geben soll un dat Krieg Scheiße ist, wie auch Armsein un Kinderarbeit. Die Stunde geht schnell vorbei. Zuerst kommen die Stühle runter, dann muss dat Klassenbuch her, der Lehrer muss ja fessstellen, wer aus welcher Klasse kommt, wer schwänzen tut oder dat Heft vergessen hat. Dat is schon mal die erste Viertelstunde. Dann sagt der dat Thema. Da sagt dann jeder, ob er dat Thema gut findet, dann, wat er dazu meint, dann, wat er davon hält, wat der andere Schüler dazu gesagt hat. Dann schreibt der Lehrer Stichworte an die Tafel, dann gibts en Arbeitsblatt mit nem Text, den diskutieren wir in kleinen Gruppen, einer schreibt wat, dann sagen wir das der Reihe nach auf un kleben Punkte an en Flipchart. Un wenn einer am Händy rummacht, sagt der Lehrer „Tu das weg! Nur weil ich der Relilehrer bin, könnt ihr nicht machen, was ihr wollt!" - Jaja, is ja schon gut. - Dann sagt der noch „Ich fasse zusammen", un dat waret dann. Un wir packen die Chipstüte aus, weil et gleich klingelt.

Religion is ja nicht nur Schule. Überall stehen Kirchen rum un Glocken bimmeln, vor allem sonntags. Mich stört dat nich, aber ne Tante von mir sagt, dat müsse se sich nicht aufzwingen lassen, sie täte nich glauben. Es gibt ja Evangelen un

Katholen. Zu ersteren sagt der Opa „Blauköpp“, un letzteres bin ich. Wir haben immer einen Papst, der das macht, bis er stirbt. Nur der letzte, natürlich en Deutscher, musste mal wieder querschießen. Wir Deutschen haben ja auch mit dem Luther die Evangelen erfunden, die auch eigene Kirchen haben. Was die dadrin machen, weiß ich nicht. Aber was wir in unseren Kirchen machen, weiß ich so genau auch nicht. Aber wir gehen im dritten oder vierten Schuljahr zur Kommunion und bekommen massig Geschenke. Aber früher muss das auch mehr gewesen sein, weil wir ja jetzt schon alles haben. Man soll jeden Sonntag in die Kirche gehen, das tut aber keiner, den ich kenne. Vielleicht Weihnachten, wegen der Stimmung. Aber kalt is et dann trotzdem.
Mein Freund Achmet is Moslem, das is auch Religion. Aber mit Allah, das is quasi denen ihr Gott. Un die dürfen auch wie wir nicht prügeln, klauen, undsoweiter. Fasten heißt bei denen Ramadan, un da kennen die keinen Spaß. Sobald es hell wird, und dann bis et wieder dunkel wird, dürfen die nix essen. Der Achmet muss noch nicht, aber der will einen zeigen, un dann sitzt der kreidebleich in der Klasse un kuckt auf meine Prinzenrolle; ich bin aber fair un esse heimlich. Der geht auch schon mal freitags mit seinem Vater in die Moschee. Wat die da machen, weiß ich nicht. Der Achmet sagt, ich könnte auch mal mit. Ich trau mich aber nicht. Erst soll der mal mit zu uns. Der traut sich aber nicht.
Ich glaube, Religion ist sowat wie Sinn des Lebens. Man soll nich so rumleben, so in den Tag hinein, ohne Sinn un Verstand. Wo kommen wir Menschen her, un wat ist, wenn wir mal tot sind. Klar, auf den Nordfriedhof, als Ganzkörper oder als Asche; da kannste auch ins Meer kommen, mit Bötchen, das ist aber teurer. Un die Seele bleibt, un weil die keiner sehen kann, weiß man da nichts genaues. Das musste halt

glauben. Un das tuen die Menschen quasi überall auf der Welt. Un manche dann doch nicht, die glauben an gar nix, müssen aber auch sterben. Dat is schon alles sehr komisch, nä, schwierig, un ich blicke da auch nich so richtig durch. Aber das beschäftigt einen schon. Un weil die Oma ja auch totkrank is, wie se alle sagen, denkt man schon, wat aus der mal wird. Jetzt spricht die noch ganz normal, die weiß, wat gebacken is, auch, dat der FC mal wieder Scheiße spielt; un dat soll mal alles vorbei sein? Komisches Gefühl! Un in der Schule sagt der Lehrer auch nur „Schwierig, schwierig!“ - Da weiß keiner richtig Bescheid. Un derAchmet sagt auch nur: „Steht alles im Koran! Kuck in eurer Bibel nach!“ Du lieber Gott, so en dickes Buch! - Un bis ich dat gelesen hab, bin ich tot.

Kevins Vater

Ja, nu. Ich bin der Vater vom Kevin. Also: biologisch eindeutig. Meine Frau, die hat mich nämlich mal in et Fernsehn gezerrt, SAT1 oder RTL, is auch egal, un hat sich von denen nen Vaterschaftstest machen und bezahlen lassen, weil se sich selbst nit klar war, ob ich dat wirklich war. Als wenn mit der noch en anderer Kerl in die Kiste gehen würde, wo ich nix von wüsste! Die wollte mich nur scharf machen. War dann auch nix, also ich war et. -Und auch menschlich bin ich dä Vater. Wie der schon aussieht. Nur meine Glatze mit Haare. - Ich mag dä Jung, un dä mich auch. Denk ich mal. - Obwohl ich mit dem seiner Mutter nich mehr zusammen bin. Dat hat mit dem Kevin aber nix zu tun.
Die hetzt den auf: Dein Vater is ein Knacki, dä zahlt keinen Unterhalt, undsoweiter, dat Übliche. Ich hätte ihr Lebenszeit jekostet un auch Lebensqualität: Sowat hat die aus der Therapie, schon die Ausdrücke. Ich kenne dat Gelaber, allein schon von den Knastpsychos hier in Ossendorf. Ich kann die ganze Litanei schon von wie ich so geworden bin: Schwere Jugend, scheiß Schule, schlechter Umgang, Vater säuft, Mutter geht fremd, Vater prügelt, Mutter vernachlässigt die Kinder, Lehrer sehen die Probleme nicht, schlechtes soziales Umfeld, früh geraucht, früh Alkohol, Drogen, Klauen, Dealen, Weiber. Also keine Alternative, da musste so werden, und dann auch der Sohn, also der Kevin.
Is dat so? Muss dat so sein? - Ich weiß et nit. Man weiß ja doch, also eigentlich, wat Recht un Ordnung is. Also mein Vater hat eigentlich nich gesoffen, un meine Mutter is auch nich fremd gegangen. Aber wenn die Psychos dat so hören wollen! Dat verkürzt die Unterhaltung doch entschieden, und die nicken dann so vor sich hin un machen die Kreuzchen an der richtigen Stelle von den Fragebögen. Dann passt dat auch schön. Un auch die Richter freuen sich dann un verstehen

einen besser, un manchmal gibt et dann auch weniger Knast. Aber dann auch viel Therapie. Aber die anderen Knackis kennen dat auch un machen dat auch, un wir verstehen uns gut un erzählen dat, wat die hören wollen. Die nicken dann, un wir nicken auch. „Schwere Jugend“ hat jeder gut drauf, und wenn man neue Leute in die Zelle kriegt, lernt man auch neue Geschichten. Ich könnte Bücher schreiben.
Viel ist schief gelaufen. Viele sind dran schuld, ja, ich auch. Du kommst aber eben nicht aus der Scheiße raus, wenn du richtig drin steckst. Wenn du aus dem Knast raus kommst, mit wem kommste in Kontakt? Mit denen, die du von vorher kennst, die, durch die du rein gekommen bist und die, die du drinnen kennengelernt hast. Kennste überhaupt andere? Nein. Und wenn ja, wollen die nichts mehr mit dir zu tun haben. - Klar gibt es Hilfen un Beratung. Na klar weiß ich, was Scheiße gelaufen ist. Klar will ich da raus. Aber die Familie ist dieselbe, da ist un bleibt der gleiche Trouble, die wissen alles von dir und warten quasi drauf, dass die Kacke wieder los geht und sagen dann: Siehste! - Der Kevin weiß ja auch, wo ich war un dat ich keinen Job habe und ihm nix bieten kann. Und der ist älter geworden und stärker und der sieht sich als fast Mann und Verteidiger von seiner Mama. Hab ich da ne Chance? - Un wenn dann ein anderer Typ eingezogen ist, auch noch mit eigenen Kindern, wo soll ich dann hin? Dem Kevin kann ich nur Vater sein, wenn ich auch in der Wohnung und in der Familie der Boss bin und der Geldbeschaffer. - Es ist zum Kotzen.

Kevin und die Natur

Natur ist eigentlich alles. Vor allem aber Pflanzen, Tiere und Menschen. In der Schule heißt die Natur Biologie und gibt es dort in Büchern. Meistens gelten die für zwei Jahre, also 5 und 6, 7 und 8, un 9/10. Wenn die neuen Bücher verteilt werden, kucken wir Jungen immer direkt nach nackten Männern und Frauen, vor allem die natürlich. Da siehste meistens gezeichnete Brüste, Muschis un Penisse, die aber immer hängen und relativ klein sind. Damit wir uns nicht aufgeilen. Die Mädchen kucken auch, aber mehr heimlich.
Natur ist in der Schule meistens en Arbeitsblatt. Wenn die Lehrer selber öko sin, dann wird et schwer langweilig. Also, zuerst mal erkennste die direkt: im Winter gestrickte Pullover, im Sommer Dünnes aus Hanf, Hosen, wo de nie weiß, wo et die überhaupt gibt, auf jeden Fall, un dann sagen die immer wieder, „fair gehandelt", aber doch noch preisgünstig, weil man jemanden gut kennt. Sandalen sin irgendwie wieder out. Un wir haben ne hardcorene Lehrerin, die trägt nix von Tieren, also auch keine Lederschuhe. Ich hab die mal mit Flip-Flops gesehen. Aber die sin doch aus Plastik, un dat is aus Polyethylen, un dat is aus Erdöl. Un wat an Natur da dran glauben muss, um an dat zu kommen!
Tiere im Haus sin ja wat schönes. Wir hatten mal nen Hund. Mein Vater wollte nen Kampfhund. Meine Mutter sagte: Du willst doch nur dicke Hose machen! So, als wärste einer. Un als der sagte, Maulkorb trägt der bei mir nich, dat is Freiheitsberaubung, sagte meine Mutter: Dann nix da. Vor allem, wenn der mal wieder saisonal im Knast wär, hätten wir die Kampfmaschine am Hals. Dann haben wir nen Pinscher geschenkt bekommen, oder sowat. Der war süß, der konnte auf dem Balkon spielen, un ich ging auch schon mal mit dem raus, un nem Bällchen. Aber dann musste der weg, weil die Oma ant Liegen kam. Genauso war dat mit den Wellen-

sittichen: Wenn die rumflogen, kackten die überall hin. Denen hat mein Vater den Hals rumgedreht, das darf aber keiner wissen. Aber ich hab dat gesehen un hab so was in der Hand gegen den.
Sonst noch Natur? - Gut, so Blumen. Auf dem Balkon in Blumenkästen, aber Tomaten. Die werden sogar wat. Da kümmert sich der Opa drum, weil der mal nen Schrebergarten hatte. Dat war toll. Da konnte man Fußball spielen, Grillen, und die Alten soffen. Aber dann gab et dauernd Zoff mit Nachbarn, weil mein Vater Terror machte, mit Musik, Kumpeln, die der da schlafen ließ, un die Pacht wurde nich bezahlt. Der Opa war traurig, un der Verein ließ sich auch nich damit überzeugen, dat der Opa sagte, sein Schwiegersohn wär sowieso bald wieder in Ossendorf. Meine Mutter hat Blumen gern. Un wenn die beim Rewe einkaufen geht, zahlt die an der Kasse für einen Bund und sagt: Ich hol mir den gleich vor der Tür. Un dann geht die un nimmt vier, fünf mit. So haben wir immer schönen Blumenschmuck. Ich brauch keine Blumen. Mein Freund Achmet der kann Blumen essen. Da staunen immer alle, wenn der irgendwo Blumen aus ner Vase nimmt un die dann isst. Die sagen dann „Wie eklig!" un kucken un kucken.
Der Mensch is ja Teil der Natur, un da müssen wir uns auch drauf einstellen. Es müssen ja keine Mücken sein oder Pollen, wie von der Birke, da werde ich bekloppt von. Un so im Zoo, dat is dann schon in Ordnung.

Kevins Opa spricht

Opa vom Kevin is, glaub ich, auch ne Lebensaufgabe. Ich bin de facto Kevins Vater, wenn man von dem ausgeht, wat eigentlich en Vater is. Der eigentliche is oft in der Blech, un wenn der da is, also hier, macht der nur Scheiß, wodurch er dann wieder nach Bad Ossendorf kommt. Zwischendurch schmeißt meine Tochter ihn immer wieder raus un nimmt ihn wieder auf. Der bringt dann Blumen mit, kniet sich hin un sagt, jetz wird alles anders. Un dann besäuft der sich vor Freud un prollt dann wieder rum. Meine Frau, unsere Oma, die liegt ja nur im Bett, die hört dat dann un stöhnt nur noch. Ich hatte mein Leben als Vater abgeschlossen. Aber ich kann dä Kevin nich allein lassen, un die anderen, diese gesammelten Kinder aus den verschiedenen Beziehungen, also die Kinder von meinem Schwiegersohn mit anderen Frauen, un die Kinder von meiner Tochter mit anderen Kerlen. Aber ich kümmer mich vor allem um dä Kevin. Mer darf et ja auch nich übertreiben!

Frauen und Männer sind für mich Menschen, also erst mal. Und irgendwie sind wir alle Kombimenschen. So richtig kernige Männer und so richtig weiche Frauen gibt es gar nicht mehr; oder hat et die nie gegeben? Meine Frau, also die, für die wir alle Oma sagen, die hätte einem früher eins aufs Maul gegeben, wenn wir Oma zu der gesagt hätten. Aber jetzt, wo die nur im Bett liegt, RTL kuckt un nölt? Da is die noch nich mal en Oma. Aber da kann die ja nix für.

Nun, ich bin en einfacher Mann. Volksschule, dann mit 14 in ne Lehre, Schreiner. Aber ich hab immer Zeitung gelesen un auch Bücher. Ich wollte wat wissen, un ich behielt dat auch, un ich konnte mich mit vielen Leuten unterhalten, auch mit Gymnasiasten, Studenten un Akademikern. Denen war ich sogar teilweise über. Wenn ich nur in ner anderen Familie groß geworden wär. Dat war damals schwer, dat wettzumachen. Bei meiner Tochter war Hopfen un Malz verloren, die machte lieber früh mit Kerlen rum, hat dann auch zweimal geheiratet, un alles immer mit Kindern, un dann dä Knacki, dä Vater vom Kevin. Aber dä Kevin, dat is einer. Da steckt wat drin, schulisch un anderweitig. Nu is dä durch den Vater un auch Umgang, sagen wir mal, gefährdet. Aber, wie gesagt, ich kümmer mich drum, auch kulturell. Un dat interessiert den auch: Museen, Geschichte, die Stadt allgemein. Dat müsste doch zu schaffen un zu packen sein! Deswegen geh ich auch zum Elternsprechtag in die Schule un spreche mit den Lehrern. Eigentlich darf ich dat gar nich, weil ich ja nich Eltern bin oder Erziehungsberechtigter. Aber de facto doch. Un ich denk mal, die Lehrer wissen dat schon richtig einzuschätzen. Meine Tochter is en Trullala, un mein Schwiegersohn: Naja, bekannt. Man muss so nen Jungen stark machen un sich, wie gesagt, dauernd drum kümmern. Nich ab un zu mal großen Terror mit Gebrüll un riesigen Strafen, wie seine Eltern dat machen. Un dann wochen- un monatelang garnix. Wenn der ne Fünf schreibt, un der überhaupt denen davon erzählt, meistens mehr so aus Versehen, dann brüllen die: Computer-, Fernseh- un Händyverbot bis Weihnachten! Un dat sagen die im Frühjahr! Un zwei Tage später is alles wie vorher, wenn nich noch früher. Dä Kevin un ich, wir kniepen uns dann nur zu. Un ich geh mit dem die Arbeit noch mal durch. Tja, in der Volksschule hab ich damals schon viel gelernt.

Kevins Oma stirbt

Tja. Wat soll mer dazu sagen. Die Oma is also doch gestorben. Klar. Dat wusste mer all, dat die mal dran is. Wie mer all. Aber dat is ja so Verzäll. Dat bring ja nix. - Auch wann mer jeden Tag damit rechnen musste, wie die da so lag, wie tot; aber eben nur wie. Un nit richtig. Kalt, stiev, kein Atem. Der Arzt machte noch die Augen zu. „Sie hat nicht gelitten!" - Ja, dat wär ja noch schöner! Jahrzehntelang hat die Frau in die AOK gezahlt, un dann noch leiden! Da sagte dä Opa dazu auch:"Ich gläuv et bahl!" Da sagte dä Doktor nix mehr, unterschrieb zwei Papiere, un dann war dä fott. Meine Mutter, der dat ihre Mutter war, sagte et dann aber auch: "Sie hat Gott sei Dank nich leiden müssen!" - Dat fanden wir alle dann doch erfreulich. Man sah et aber auch am Gesicht: dat war glatt, ohne - wie sagt man - so Verzerrungen wie vom Leiden. Et Gebiss war schon draußen, seit den letzten zwei Tagen. Irgendeiner hatte gesagt, dat se et nit verschluckt und daran erstickt. Se sollte ja ordentlich sterben.
So kommt man durch so nen Tod zu Gedanken über den Tod allgemein. Dat man eben sterben muss, ich, du, wir alle. Aber eigentlich denkste ja nich ständig dran. Warum sollte ich auch? Da macht mer sich ja dat ganze Leben kaputt, quasi Tag für Tag, ohne dat et schon kaputt geht. Wenn ich wat Leckeres esse, denk ich ja auch nich dabei dadran, dann ich en paar Stunden später aufs Scheißhaus muss. So ähnlich. Viele Leute sagen: Vorm Tod hab ich keine Angst, nur vorm Sterben. Also: Wie das abgeht, wie die Schmerzen sind, ob dat schwer wehtut. Weiß man dann eigentlich, dat da bald Sense ist?
Die Oma war immer gläubig. Darum hat meine Mutter der auch nen Rosenkranz dabeigelegt. Die kriegte auch en frisches Nachthemd übergelegt. Die wurde in dem Sarg von dem Bestatter noch richtig gestivvelt. Ich durfte dabeisein,

weil dat interessant ist. Un bei der eigenen Beerdigung biste ja nur pro forma dabei. Meine Mutter hat die Oma auch noch mal gekämmt, un dat Gebiss haben wir der auch gelassen un wieder rein getan; das ging noch so grade. Dat sieht mit schon besser aus. Dann haben alle, die da waren, noch mal die Oma angekuckt. Un alle sagten „Die sieht richtig friedlich aus!", wat auch stimmte. Dann haben zwei Mann den Deckel draufgemacht un wat geschraubt. Un da die Oma leicht war un der Sarg nich aus so schwerer Eiche, konnten die den zu zweit raustragen un in ihr Auto. Die fuhren die Oma dann zum Friedhof in den Keller in en Kühlfach.
Vier Tage später war die Beerdigung. Meine Mutter hatte mir vorher schon nen Zettel für die Schule geschrieben. Meine Lehrerin sagte: „Das tut mir aber Leid!" Un für mich war et dat erstemal seit Wochen, dat ich fehlte un entschuldigt war. In der Trauerhalle waren wir zwei Reihen. Vorne der Sarg, so Kerzen auf Ständern un en Kranz mit ner Schleife „Deine Familie". Daneben noch so Gestecke von en paar Nachbarn. In der Halle haben se nen CD-Player, da kannste die Lieblingsstücke von dem Toten spielen. Wir hatten dabei „Rut, rut sin de Ruse" un „Viva Colonia", weil die Oma ja ne Kölsche war. Beim ersten Lied taten die Frauen schwer weinen, un beim zweiten hätten wir am liebsten mitgesungen.
En Pastor betete wat, las wat vor un sagte, die Oma hätte ihr Leben der Familie un der Arbeit gewidmet. Der Opa sagte nachher: „Aber die letzten Jahre hat ich die Arbeit mit der. Un ich bin ne ahle Mann!" Dann ging et eraus. Vorneweg dä Pastor, dann die Oma auf so nem Elektrowägelchen, dann mein Mutter un ich un dä Opa, unsoweiter. Mein Vater war nicht dabei; dä hatte vergessen, dat in Ossendorf zu beantragen. Später war der ganz beleidigt, dat wir uns nich darum gekümmert hätten. Da sagte meine Mutter, dä hätte beim

Totenkaffee ja doch nur gesoffen un gelabert. So war dä Totenkaffee richtig harmonisch. Et gab ne Hühnersuppe un geschmierte halbe Brötchen mit Käs, Wurst un Schinken. Ich habe acht gegessen. Un Kaffee un Cola. Dann tranken einige Kölsch. Da sagte meine Mutter: „Un vorm Schnaps sin mer fott!“ Das waren wir dann auch.
Dat Spezialbett von der Oma hat die Krankenkasse wieder abgeholt. Wat in dat Zimmer jetzt kommt, wissen mer noch nicht. Un von der Oma hängt jetzt en Bild im Wohnzimmer. Dat hat der Opa aus nem Karton geholt: „Da sieht se ja noch janz passabel aus.“

Kevin ist verliebt

Verliebt – das is en bißchen viel gesagt. Ok, man findet dat eine Mädchen nett, un dann noch dat andere, un dann wieder eins. Un damit geht dat alles schon los. Die Mädchen, un zwar alle, wollen alle einzig sein, also, dat de nur die eine liebst, oder magst, oder mit denen gehst, wie man das auch nennen will. Aber unsereins, also als Junge, man weiß dat noch gar nicht genau, wie das wird un wat dat werden soll. Un nur, weil man nen Zungenkuss gegeben hat un mal überlegt hat un dat vielleicht auch gesagt hat, dat man vielleicht auch in die Kiste möchte, heißt dat ja nich, das man die direkt heiraten will oder soll. Man will ja erst mal kucken, un hier un da.

Wie gesagt, ich denk mal, verliebt in nen Jungen wär einfacher. Man hat ja auch Freunde, mit denen kann man et gut, und wenn eben nich mehr, dann ist eben Schluss. Aber mit Mädchen - also da kommt die Liebe dazu, dieses Seelische, tja, un dann dat Sexuelle. Nicht Heiraten, und Immer un Ewig, un Kinder un so, sondern dat einfach körperliche, dat rein Sexuelle eben, ihr wisst schon. Et wird natürlich auch viel gelabert, gerade von Jungen. Die machen dann einen auf dicke Hose, un wat se schon alles erlebt haben. Et wird da schon viel gestrunzt.

Man will ja überhaupt mal an en Mädchen ran, ich sag mal, egal, wer dat ist. Klar, einigermaßen soll die schon aussehen, aber ob die in der Schule gut ist, mein Gott, darum geht et ja erst mal nich. Die Mädchen aber, die machen sich direkt umfassend Gedanken, sag ich mal. Wat ihre Eltern von dem Jungen denken, wie der in der Schule ist, wer un wie dem seine Eltern sind, ob der überhaupt Eltern hat, die ganze Kiste. Ich, also der Junge, der will eigentlich nur an dat Mädchen ran. Erst mal überhaupt en Mädchen. Wie die überhaupt ist. Un wenn dat kompliziert ist, dann mal lieber gar nicht. Und bitte nicht mit viel reden. Die fragen immer, wie man sie findet,

und die anderen Mädchen, un wat an ihnen so toll ist. - Na, erst mal, dat se sich als Mädchen überhaupt anquatschen lassen, dass se einen wahrscheinlich mal ranlassen. Klar. Dat is vielleicht primitiv, aber is so. Ich weiß nich, ob alle Jungs so sind, ich aber, un auch alle, die ich kenne.
Obwohl: Et gibt schon klasse Mädchen, mit denen kannste dich schon toll unterhalten. Besser oft als mit vielen Jungen. Fast schon so, wie ich mim Achmet. Dat sin Mädchen, da merkst de eigentlich garnich, dat dat Mädchen sin. Die sin mehr rein menschlich. Un ehrlich, so hab ich im Augenblick Mädchen am liebsten. Dat is dann auch stressfrei.
Un so eine kenn ich auch. Die is in der Parallelklasse, un außerm Achmet weiß keiner davon. Weil ich nich weiß, ob dat richtig wat wird. Ob ich dat überhaupt will, oder die. Dat is alles unklar, un dat is auch schön. Deswegen rede ich auch nich darüber. Weil dann sofort dä übliche Verzäll losgeht, un dat is mir irgendwie peinlich. Ich möchte dat nich, dat über die so geredet wird. Oder dat die dat mitkriegt. Als wär ich auch nur so einer wie die anderen. Der nur dat will, wat die anderen wollen. Da is die mir, sag ich mal, für zu schade.
Ob dat jetz Liebe is? Wat heiß hier Liebe? Wenn ich mit der so zusammen bin, also so neben der sitze oder gehe, is dat einfach schön. Auch ohne quatschen. Ich weiß gar nich, wie ich dat nennen soll.
Dä Achmet hat mir gesagt: Mach mal ruhig. Un dat mach ich auch.

Ich bin sibbe un heiße Kevin

Wann ich mich vürstelle, krige de Lück ald Plack. Ich weiß garnit, woröm die vür mir fies sin, die Ottos.
Ich han en Tant, die säht immer: „Junge, sprich nicht so gewöhnlich!“ - Also: Gewöhnlich spreche ich wie immer. Ich han nen Fründ, dä heiß Achmet. Dä sprich nur Deutsch un Türkisch. Däm bränge ich et richtige Spreche bei. Et soll jo Famillie gevve, wo och ne Vatter dobei es, also quasi ständig. Sujet han mir ävver nit. De Mamm säht immer nur: „Das Fresen is abjehauen un hat mich mit dir sitzen lassen“. Tja, su setz ich jetz he. Em üvvrige bin ich e Einzelkind. Sujet wie met dem Papp un mir wollt de Mamm nit noch ens metmaache.
Un weil uns Mamm zwei Jobs hät, kümmert sich der Opa öm mich. Mer han och en Oma, ävver do muss sich der Opa och dröm kümmere. Die es dauerkrank. Naachs litt die em Bett, un am Dag och. Die loot nur RTL, un zweimol am Dag weed die erömgedriht, gewäsche un gefödert. Dä Opa es unsere Zivi. En der Koffergass hät der Opa en Käz opgestallt; för de Oma un dat ich widder ne Vatter krige.
Ich bin ald em zweite Schuljohr. Ich gonn gään en de Schull. Ich treffe do ming Fründe, un ich darf ald met en die Rauchereck. Nur uns Lehrerin stürt met ihrem Verzäll. Un dann immer neu Arbeitsbládder. Wo soll ich do mem Händy hin? En der Schull han mer nur Fraue, also Lehrerinne. Un zwei Männer: einer es der Rektor un dä andere dä Huusmeister. Un der säht, wat gemaht weed. Minge Vatter, also, als mer dä noch hatte, also dä saht immer: Jung, pass en der Schull op. Et gitt immer jet zo verticke un avzozocke. Dä wor och ens en Ossendorf en der Blech. Do sin mer met der Fönf op Besök hingefahre. Do saht hä, größ dinge Fründ Sascha, däm singe Vatter es met mir en einer Zell. Ich woss ald fröh, wat gebacke es. Ich kann god lese un schrieve, rechne sowiesu.

Villleich weede ich späder Lehrer. Ming Lehrerin hät och kein richtige Famillich; die nennt dat Pätchwörk.
Aan Fastelovend han mer en Schullsitzung. Un die weed von mir geleitet. Domet han ich die Lehrer en der Hand. Ich un noch eine sin die einzige, die Kölsch künne. Wann die Lehrerinne nix mitkrige solle, sprich der Achmet Türkisch un ich Kölsch. Do stonn die dann met ehrem Oxford-Deutsch! Neulich ging ich mem Opa spazeere. Am Waidmaat saht hä: Do en dem Loch es et Stadtarchiv. Un ich daach immer, do köm en U-Bahn hin!
Gään gonn ich met däm en der Dom. Dä Kardinal han ich noch nit gesinn. Ävver die Kess met dä Dreikünninge. Dat reck mer dann och. Koche kann bei uns keiner. De Mamm hät kein Zigg, ävver se hät jo en Mikrowell. Der Opa kunnt et noch nie, hät ävver quasi en Standleitung zum Pizzadeens. Ich bin ne Jung un weiß, wo der nächste Mäckes es. - Vörrige Woch han mer gelaach: et wor dis Johr et ehtste Mol, dat mer alle drei zosamme en der Köch soße un Spaghetti oße. Ävver spreche moote mer nit: ich hatt minge MP3 - Player, de Mamm dät „Mitten im Leben!" loore un der Opa los em „Express". Ävver mer süht sich jo sowiesu jeden Dag.
Wecke deit mich der Opa. Die Mamm es dann ald längs fott un dräht Zeitunge us. Der Opa schödd der Kaffee op, mäht mer en Botteramm un driht dann de Oma.
Zo spät ben ich noch nie en de Schull gekumme. Ich muss jo die Bahn mem Achmet krige, un Zigg för en Zerett bruche ich och. Jo, ich weiß, dat dat ungesund es. Ich han och ald zweimol versök, opzohüre. Ävver wat wellste maache. Met sibbe geiht dat nit mih so flöck. En der Schull dürfe mer schrieve, wie mer welle. Haupsaach, mer dröcke uns us un brenge uns en. Der Opa säht: „Schriev ööntlich, söns krisste e paar hingert Uhr". Su kann ich beids: Deutsch för et Levve

un Deutsch för Lehrer. En der Schull han mer Händy-Verbot. Deswäge hät von uns jeder zwei vun dä Dingere: dat alde för Avzogevve, un dat gode för God. - Dreimol am Dag säht uns Lehrerin, se mööt en de Verwaltung. Dann steiht die vör der Dür un telefoneet met ehrem Fründ un fleut däm jet.
Fründin han ich kein mih. Kein Zigg, kei Geld. Ich hatt ens ein, die hatt jet gäge Türke. Ävver mich gitt et nor em Doppelpack mem Achmet.
Wann die Lück minge Name hüre, verdrihe die tirek de Auge. Kevin! Do künnt ich och Taliban heiße. - Ming Mamm hät mich Kevin genannt, weil minge Vatter, also, wie dä noch minge Vatter wor, gesaht hät: „Do kanns dä Jung nenne wie de wells, nor nit Kevin“.

Zu den Kevin-Texten (Nachwort)

Die Kevin-Texte orientieren sich an der gesprochenen Sprache, Kevin spricht zum Leser. Er spricht so, wie der Kölner Hochdeutsch versteht, also im rheinischen Singsang, mit kölschen Einschüssen, mit Verkürzungen und Verschleifungen. Es entsteht eine größere Offenheit und Variabilität als im Standarddeutschen. Teilweise werden Sätze nicht zu Ende geführt, Satzgefüge sind unvollständig oder schlicht falsch. Die Texte sollen wirken wie die Mitschrift von unvorbereitet Gesprochenem. Statt „nichts“ heißt es oft „nix“, statt „nicht“ „nich“, statt „eine“ „ne“, statt „aus dem“ „ausem“, statt „das“ „dat“, usw., aber das alles auch nicht durchgängig. Als letzter Text dieser Publikation steht „Ich bin sibbe un heiße Kevin“. Das ist der „Ur-Kevin“, ein Text, der in reinem „Oxford-Kölsch“ für einen literarischen Abend des Heimatvereins Alt-Köln geschrieben wurde (19.09.2011). Daraus entwickelten sich auf der Folie einer fast vierzigjährigen Kölner Hauptschullehrertätigkeit die hier abgedruckten Texte im Kevin-Rheinisch.

Im August 2013
Armin Foxius

Über den Autor

Armin Foxius, geboren 1949 in Köln, arbeitet seit 1979 als Hauptschullehrer im Kölner Norden.
Drei kölsche Musicals, fünf sog. „Kölnische Lesebücher“, zwei Hörbücher, Rheinlyrik „Vater Rhein. Ach, Alter“. Texte zur Regionalgeschichte. Pädagogische Fachliteratur.